MINHAS VIZINHAS

Claudia Priano

MINHAS VIZINHAS

Tradução
Mario Fondelli

Título original
SMETTILA DI CAMMINARMI ADDOSSO

© 2008 by Claudia Priano
© 2009 by Ugo Guanda Editore S.p.A.,
Viale Solferino 28, Parma
Gruppo Editoriale Mauri Spagnol
Edição brasileira publicada mediante
acordo com a Grandi & Associati

Direitos para a língua portuguesa reservados
com exclusividade para o Brasil à
EDITORA ROCCO LTDA.
Av. Presidente Wilson, 231 – 8º andar
20030-021 – Rio de Janeiro – RJ
Tel.: (21) 3525-2000 – Fax: (21) 3525-2001
rocco@rocco.com.br
www.rocco.com.br

Printed in Brazil/Impresso no Brasil

preparação de originais
MÔNICA MARTINS FIGUEIREDO

CIP-Brasil. Catalogação na fonte.
Sindicato Nacional dos Editores de Livros, RJ.

P947m   Priano, Claudia
            Minhas vizinhas/Claudia Priano; tradução de
            Mario Fondelli. – Rio de Janeiro: Rocco, 2011.

            Tradução de: Smettila di camminarmi addosso

            ISBN 978-85-325-2619-9

            1. Romance italiano. I. Fondelli, Mario. II. Título.

10-5933   CDD-853
                                           CDU-821.131.1-3

Esta história é mero fruto da minha imaginação. Dos fatos descritos, só um realmente aconteceu, embora num lugar diferente. Aquele em que uma jovem estudante se levanta, numa apresentação, e me pergunta: Queira desculpar, mas poderia explicar por que as mulheres, hoje em dia, sentem-se tão sozinhas?

A ela, àquela jovem mulher, dedico este livro. E à minha irmã, Cristina.

Quando o medo aparece, eu me encolho, fico bem pequenina. Aperto com força as mãos nos ouvidos para não ouvir. Quando das paredes chegam a mim seus prantos, os seus gemidos e as suas preces.
Em vão.

PRIMEIRA PARTE

Esta é a canção de uma mulher degolada,
que de repente se levantou.

WISLAWA SZYMBORKA, *Sal*

Não sabemos quem entrou, talvez nunca cheguemos a saber, mas muitos indícios sugerem que o futuro entra em nós desta forma para nos tornar nós mesmos, muito antes que isto aconteça.

RAINER MARIA RILKE,
Cartas para um jovem poeta

... entra ano, sai ano, os relatos sobre violência contra as mulheres ficam cada vez mais parecidos com boletins de guerra.

SILVIA BALLESTRA
Contra as mulheres ao longo dos séculos

1

A primeira vez que a ouvi chorar, eu estava deitada em cima do colchão novo, cheirando a novo, a plástico novo, cercada de caixas e caixotes de papelão com fita durex a ser arrancada, malas, embrulhos a serem abertos, poeira e sujeira por toda parte, com a impressão de não conseguir me desenrolar no meio de toda aquela confusão. Estava com raiva do mundo, tudo parecia ser motivo de dor.

O sol me incomodava, naqueles dias, a luz feria os meus olhos, as pessoas, até as desconhecidas, me aborreciam, para não falar das conhecidas. Levantar, de manhã, era um esforço penoso, e adormecer à noite também, e a mudança, só de pensar eu ficava doente, a nova casa, a comida, as pessoas no ônibus e os pedestres, os gritos das crianças, o barulho dos carros e das motonetas, o estampido de um petardo, o lamento de uma sirene, o repicar dos sinos, o tique-taque do relógio, a fulana que tocava violino no andar de baixo, o céu azul ou o nublado, cinzento de poluição.

Tudo era sofrimento, para mim, e não havia jeito de melhorar a situação.

Acho que ainda estava deprimida. Haviam dito que estava melhorando, que não ia demorar para eu ficar boa, mas aquela nova mudança na minha vida deixava-me apavorada. Deveria estar contente, afinal de contas tinha decidido morar com o homem que amava, já fazia um bom tempo que estávamos juntos, nos conhecíamos razoavelmente bem, embora muitas vezes o trabalho nos mantivesse afastados, afastados demais para dizer a verdade, e foi assim que certa manhã, enquanto o levava à estação, ele me disse, ouça, o que você disse?, o quê? eu perguntei, manobrando o carro para entrar na vaga, e ele, por que não vamos morar sob o mesmo teto?, pouparíamos um bom dinheiro, luz, aluguel, gás etc. e tal, parece-me uma decisão bastante racional, foi assim mesmo que ele falou, e eu respondi que sim, embora o pedido que eu tinha na cabeça fosse mais romântico.

Naquela manhã os homens da mudança chegaram bem na hora, eu esperava por eles molhada e tremendo de frio, pois já tinha dado umas saídas para jogar umas coisas na caçamba do lixo, e chovia a cântaros, e ventava, e a chuva também me incomodava: que dia mais idiota para uma mudança, pensei.

Despedira-me da velha casa, onde morara por muito tempo, e onde fora feliz, e aí triste, e depois feliz de novo, e antes de sair tinha ficado ali, em silêncio, entregando-me a uma espécie de doloroso ritual de adeus; ficava examinando cada canto com atenção, todos os espaços do meu pequeno apartamento, porque chegara a amá-lo muito, era o meu reino, a minha toca, a minha ilha, a minha tábua de salvação e o meu passatempo. Dedicara horas a pequenos detalhes, à arrumação dos móveis, dos quadros, às cores, aos objetos acumulados ao longo dos anos, e queria guardá-los na memória antes de serem encaixotados. Não passavam de meros objetos, é claro, mas são justamente estas coisas que às vezes complicam a vida, fazem remoinhar na cabeça lembranças bonitas e não tão bonitas, agridem quando você menos espera, provocam um mal-estar na boca do estômago, e eu sentia a cabeça rodar, tudo parecia-me insensato e perguntava a mim mesma por que estava indo embora.

Chega, murmurei entre os lábios, chega de receios e indecisões. Eu só precisava ficar tranquila.

A minha prima Irene tinha explicado até deixar-me enjoada que a mudança é uma das principais causas de estresse, coisa que eu estava cansada de saber, já tinha passado por várias na minha vida, enquanto ela só enfrentara duas. A prima Irene nunca se abala, e quando se trata de dar bons conselhos, aí então ninguém segura, não há ninguém como ela. Certa tarde aparecera lá em casa com o *Manual da boa mudança*, tratando imediatamente de dar-me um resumo oral, talvez com receio de que eu o jogasse no lixo sem nem mesmo abrir.

Para levar a cabo uma boa mudança é preciso, antes de mais nada, avaliar de forma concreta e racional os móveis e qualquer outro elemento decorativo que tencionamos levar à nova moradia, era assim mesmo que a prima Irene falava, e livrar-se dos velhos trastes que já não servem para nada. E também lhe trouxe um manual de feng shui que pode ajudar, ambos os livros, o da boa mudança e o de feng shui são do doutor Babata, já sei o que você acha dele, mas a gente não precisa falar nisto de novo, precisa?

Pois é, já falamos até demais.

Muito bem, e então deve concordar comigo que há várias sugestões que merecem ser consideradas como pontos de partida se você quiser dar novamente um jeito na sua vida, querida. E também jogue fora roupas velhas e sapatos gastos que não usa mais, e não se esqueça da mudança de endereço, o banco, os fornecedores, os prestadores de serviços, procure uma firma especializada, com seguro, nada de imigrantes ilegais que são umas bestas, cobram barato mas acabam quebrando tudo e aí somem do mapa, e também esqueça os romenos, já te contei dos romenos?, também quebram tudo, e depois ainda te violentam, serviço completo, e não esqueça a lista das coisas empacotadas, escreva em cada caixa o que ela contém, já fez isto, querida? É importante, cada caixote tem que ter tudo claro e legível, pois do contrário você fica louca, está me ouvindo, querida?

Sim, claro.

Estava ouvindo, assim como estava observando-a enquanto tomava seu chá verde e soltava pequenos arrotos, desculpe, querida, é a minha costumeira aerofagia, mas agora, com a cura do doutor Babata, estou muito melhor, sem mencionar o intestino, consigo ir ao banheiro todos os dias, agora, para mim é uma conquista e tanto, está me entendendo?, e o peso também melhorou, perdi dois quilos numa semana, você também deveria dar uma passada no doutor Babata, quer dizer, por causa da mudança, ele acha que você talvez esteja saindo daqui devido a algum problema geopático, vai ver que a sua casa é motivo de dor, talvez bastasse apenas mudar a decoração e a arrumação do quarto para resolver o seu caso, você não concorda, querida? (Arroto.)

Respondi que nem sabia do que ela estava falando, eu só estava saindo daquela casa porque ia morar com o meu homem, que tínhamos escolhido um lugar que servisse para os dois, afinal o meu apartamento era pequeno demais e o dele muito fora de mão.

Um sujeito que nunca está por perto, sempre zanzando pelo mundo, comentou ela.

Ele trabalha, falei.

Todos trabalham, querida, comentou a prima Irene fitando-me fixamente nos olhos, era o jeito dela, quando agredia não tirava os olhos de cima de você, de cabeça erguida, com aquela expressão de provocação, e além do mais, continuou, gostaria de saber o que deu nele, um cara daquela idade, para deixar o cargo que tinha no jornal até uns poucos anos atrás e sair por aí, brincando de repórter, como um rapazola... Será que regula mesmo?, e aliás, já que tocamos no assunto, uma vez que ele está sempre circulando pelo planeta, por que você teve de sair daqui? porque é pequeno demais? mas se de fato você é a única a morar entre estas quatro paredes, não lhe parece um tanto insensato?

Já chega.

Falei categórica, no mesmo tom enérgico e arrogante da prima Irene. Ela nem ligou, como aliás era do seu feitio. Obviamente, continuou dizendo, para não sofrer o trauma da mudança era preciso, antes de mais nada, preparar um programa por escrito e segui-lo ao pé da letra, tomando nota até dos horários, já sabia disto querida?, se estruturar um pouco mais, porque, deixe que o diga, você não é essa pessoa tão bem estruturada assim, já sabemos disto, não é verdade?, e o doutor Babata diz que a coisa pode ser perigosa, é isto mesmo que ele diz, o fato de você nunca ter usado uma agenda é um péssimo sinal. (Arroto. Outro arroto.)

Saiu deixando atrás de si uma avalanche de recomendações e o costumeiro, inconfundível rastro de perfume de musgo branco.

Eu peguei o livro do doutor Babata, arranquei todas as páginas e usei-as para embrulhar as xícaras de café, pois guardar todas as peças com cuidado é muito importante, dissera ao sair a prima Irene.

2

Tinha encontrado os homens da mudança por acaso, na rua, algumas semanas antes. Vestiam camisetas brancas, de mangas curtas, apesar do vento frio, e trabalhavam em silêncio, sem parar, carregando cada coisa com muito cuidado. Antes de levantar um móvel, controlavam por cima e por baixo, certificavam-se de que estava devidamente acondicionado, aí trocavam um rápido olhar de assentimento, agachavam-se e o levantavam lentamente, pareciam fazer a coisa sem o menor esforço. Uma senhora magrinha e de aparência cansada mexia-se por perto com ar ansioso, olhando para eles, e toda vez que os homens carregavam e ajeitavam direitinho um móvel na caminhonete, dava um suspiro de alívio. Então a mulher afastou-se e os sujeitos viraram-se, olhando para mim, talvez tivessem percebido a minha presença.

Olhei para eles surpresa, eram praticamente idênticos. Um dos dois sorriu, somos irmãos gêmeos, señora, disse quase para tranquilizar-me. Eu anuí, sim, reparei, desculpem se interrompi o seu trabalho, fazem mudanças?, perguntei, e logo disse para mim mesma, que raio de pergunta idiota, aí acabei rindo, e eles riram comigo, de forma gentil e reconfortante, sim, señora, responderam juntos, que bom, eu comentei, podem me dar o seu telefone?, pode ser que precise de vocês. Um deles deu-me então um cartão de visita, um daqueles feitos em casa, no computador, e lá estava escrito FELIPE E LUÍS, MUDANÇAS INDOLORES. Eu li e fiquei olhando para eles, sabe lá quem era Felipe e quem era Luís, mas não importava, pois jamais iria distingui-los, então reparei que havia a mesma inscrição também nos lados do pequeno caminhão. Não fiz comentários, só agradeci, farei contato com vocês, mas fiquei parada, indecisa, e eles olhavam para mim e sorriam, até logo, então, señora, e eu ainda ali, sem saber o que fazer, até tomar coragem e perguntar.

Desculpem, posso saber a razão daquela inscrição?
Nós trabalhamos realmente direito, senõra. E por um preço bueno. Entiendes?
Entendo.
E somos cuidadosos. No quebramos coisas, se posible.
Entendo.
Procuramos fazer tudo da melhor manera posible, para os clientes. Compreende?
Acho que sim.
Tudo sem barulho. Rápidos.
Estou vendo.
Mas as mudanças podem ser tristes. Nós temos partido de Ecuador, nossa casa e nossa família, quando tínhamos dezesseis anos. Entiende?
Claro.
Tínhamos escrito MUDANÇAS COM ALEGRIA, em nossa terra há uma firma de mudanças que se chama así. Cierto?
Certo.
Mas o marido italiano da minha hermana diz que não está bien para pessoas de aqui, que é mui diferente, la mentalidad, tudo, o pessoal é mais triste, está entendendo?
Estou.
E então MUDANÇAS INDOLORES é bom, muito melhor.

Afastei-me sem dizer nada, pensando naqueles dois homens, lembravam dois coveiros, fazendo o seu trabalho com um ritual e uma atitude que fazia sentido.
Dali a duas semanas, com efeito, liguei para eles.

* * *

Juntei meus trapos e saí de lá bem cedinho, às seis horas da manhã daquele domingo, sem falar com ninguém, sem avisar os vizinhos, sem me despedir da porteira e do marido Luigi. Sumi sem alarde, odeio os adeuses, uma verdadeira fuga como manda o figurino, como uma ladra, com aqueles dois musculosos latino-americanos que carregaram malas, caixas e os poucos móveis num piscar de olhos. Subi na caminhonete, ao lado de um deles, e seguimos em frente devagar, sob a chuva. O limpador mexia-se muito rápido, provocando um chiado que parecia explodir na minha cabeça, de repente senti-me fraca e cansada, tinha saído sem tomar café, e tampouco dormira direito. O gêmeo na direção perguntou, tudo bien, senõra?, está um pouco pálida, e eu respondi, não é nada, tudo bem, se encontrarmos um bar no caminho, talvez seja melhor pararmos para tomar alguma coisa. Mas agora vamos, acho melhor a gente se apressar.

    Quando chegamos, a chuva tinha parado, mas nuvens escuras ainda corriam acima das nossas cabeças. Os gêmeos descarregaram tudo depressa, levando a carga beco acima até o portão, no braço, sem perda de tempo, pois não dava para chegar até ali com a caminhonete. O prédio, no entanto, dispunha de elevador, fora instalado havia pouco tempo, e os fardos mais pesados foram colocados nele, o resto foi questão de umas poucas viagens de sobe-desce, três andares, mas eles eram jovens e vigorosos.

    O apartamento ficou logo cheio. Fechei a porta e desci com os gêmeos até a padaria ao lado do portão. Fomos atendidos por uma mulher que não desgrudava os olhos da televisão, mas nem cheguei a prestar muita atenção nela. Pedimos três cappuccinos e três brioches, os gêmeos engoliram tudo de uma vez, mas quanto a mim nada parecia querer descer pela minha garganta. Então, embrulhei o meu brioche num guardanapo de papel e guardei o embrulho na bolsa, vou comer mais tarde, expliquei. Paguei os rapazes pelo serviço, e até dei uma boa gorjeta. Despedimo-nos com um aperto de mão e um dos dois disse, señora, se precisar de nosotros, é só chamar.

Entrei em casa correndo, o telefone estava tocando, custei a encontrá-lo naquela confusão. Era Sérgio, finalmente.

    Então, tudo bem?
    É a primeira ligação que recebo na nova casa.
    A nossa nova casa.
    Pois é, a nossa.

Não conseguia ouvir direito, havia muito chiado, a voz dele deixava perceber o cansaço, mas era jovial, como de costume. Sérgio nunca se queixava, e isto me fascinara na mesma hora, eu vivia me queixando de tudo.

    Sinto muito que esteja sozinha na mudança.
    Não há de ser nada. Darei um jeito.
    Já acabou?
    Já. As suas coisas chegaram ontem. As minhas hoje.
    De qualquer maneira, se estiver cansada demais, só procure fazer o indispensável. Quando eu voltar, vamos arrumar tudo juntos.

Senti-me uma verdadeira idiota. Ele estava num país onde havia uma guerra, onde muitos nem tinham casa, onde chegar até o dia seguinte já era uma sorte.

    Você está seguro?
    Estou, pode ficar tranquila. Vamos andar por aqui durante uma semana, aí pego o avião. Dentro de uns dez dias estarei de novo com você.
    As interferências chiavam. Acrescentou mais alguma coisa que não entendi.
    O que foi que disse?
    Que saio da zona quente.

Ótimo.
Mais estalos na linha.
Onde está, precisamente?
Estamos em Daman, a caminho de Kandahar.
Tomei nota num pedacinho de papel.
Quando vamos nos falar de novo?
Não ouvi.
Quando vai ligar de novo?
Se tudo correr bem, amanhã à noite. Já estarei num hotel, poderemos conversar com mais calma.
OK.
Margarida?
Sim?
Não se preocupe, não tenha medo.
Está bem. Prometo.

Fui para o quarto, deixei-me cair no colchão novinho em folha, que cheirava a plástico, estava cansada, amedrontada, fechei por um momento os olhos. Iria dormir umas duas horas, depois me levantaria para fazer tudo de acordo com o programa da prima Irene. Domingo, esvaziar as caixas, jogar fora papel e papelão, dar uma primeira limpeza rápida. Segunda, arrumar as coisas e dar uma limpeza profunda. Terça, voltar a trabalhar no livro, é o que estava escrito nas minhas anotações, pois, afinal, dissera a mim mesma que ela estava certa, eu tinha de seguir um programa. Não consegui dormir um segundo sequer, mas ficar deitada deixou-me mais calma e descansada. Folheava a agenda que a prima Irene comprara para mim e pensava, qual é o problema?, é só seguir umas poucas regras e tudo fica certo, nada de pânico, estou com quarenta anos, não sou mais uma criança.

Foi aí que a ouvi.

Logo de cara não entendi direito do que se tratava, parecia um leve assovio, que se tornou mais audível, e então compreendi. Vinha do outro lado da parede. Era uma mulher, e o seu lamento era às vezes desesperado, às vezes raivoso, ou apenas um exausto balido. Não demorou a tornar-se um pranto convulso, chegava a gritar, parava por uns instantes e aí começava tudo de novo, primeiro o lamentoso murmúrio, aí aquele pranto incontido. Fiquei olhando para a parede, quase não respirava para não fazer barulho, e permaneci algum tempo escutando. Achei um tanto idiota ficar ali, só ouvindo aquele sofrimento, talvez fosse melhor me levantar, bater à porta dela para oferecer ajuda. Mas algo, quem sabe uma boba forma de discrição, me conteve.

Não lembro quanto durou, quem sabe uns dez minutos, ou talvez vinte, mas quando decidi levantar-me e tomar uma atitude, ouvi outros ruídos. Era uma porta que se abria, a voz de um homem que dizia, chegamos, gritaria de crianças que chamavam a mãe. A mulher parara de chorar na mesma hora. Ouvi que assoava o nariz, e logo a seguir um tique-taque de saltos, e uma porta que se fechava, gritos de alegria e brincadeira, e tudo parecia estar certo.

Só levei uns poucos minutos para adormecer.

3

Acordei trêmula, já no meio da tarde. Estava fazendo um frio insuportável, o termômetro na entrada marcava dez graus. Fiquei olhando em volta, aquela casa estranha, e imaginando quanto tempo ainda levaria para eu considerá-la minha. Sentia-me numa espécie de terra de ninguém, e fiquei pensando por que não tinha esperado mais um pouco, afinal de contas não havia pressa, talvez a prima Irene estivesse certa. Acontece que eu nunca soube esperar, depois de tomar uma decisão precisava passar imediatamente à ação, ficar no lusco-fusco não era comigo. A mudança precisava ser feita, completa e sem demora, e a nova casa tinha de ficar pronta e acolhedora num piscar de olhos.

Aliás, sempre tinha sido assim, na minha vida e na minha família o espaço incerto das transformações sempre tivera vida curta, era preciso encobrir o que se deixava para trás sem perda de tempo, esquecer logo toda a desordem, não importa como, desde que fosse coisa rápida, até jogando a sujeira em baixo do tapete, o importante mesmo era não deixar rastros visíveis.

Lá fora, agora, brilhava um sol bonito, mas eu ainda estava arrepiada. Nem passou pela minha cabeça ligar o aquecimento, afinal nem tinha perguntado como fazê-lo, peguei as chaves, a bolsa e o casaco e saí daquele gelo. No patamar, não havia vivalma, parecia que ninguém morava no prédio, onde é que todo mundo se metera? Sim, claro, era domingo, mas aquele silêncio soava hostil, e as escadas cinzentas, as paredes com o reboco caindo aos pedaços, cheias de manchas que olhavam para mim como um montão de rostos inimigos, faziam-me sentir em perigo.

Finalmente ouvi o som de um piano, talvez viesse da porta que estava diante de mim, parecia-me uma melodia conhecida, isso mesmo, era um dos *Noturnos* de Chopin. Respirei fundo, isto significava que alguém morava naquele lugar. Também pude ouvir o som de uma televisão, no andar de baixo, e risadas e conversas vindas do de cima. Lentamente, uma coisa de cada vez, ia tomando consciência dos barulhos do prédio, e sentia-me mais tranquila. Desci a pé os três lances de escadas e lembrei-me do brioche que tinha embrulhado e guardado na bolsa, peguei-o e só levei uns segundos para comê-lo.

Ao chegar à rua, reparei com prazer que a padaria ainda estava aberta.

Estava salva.

No local havia uma mulher que assistia à tevê, sentada a uma das mesas. Quando me viu, deu-me uma olhada cansada e preguiçosa, então, com um esforço que parecia sobre-humano, levantou-se, apoiando-se nos braços da cadeira como se tivesse de levantar uma massa gigantesca, mas, na verdade, era uma mulher pequena e magrinha. Levou algum tempo para ficar de pé, sem tirar os olhos do programa, um filme de amor, ao que parecia, isto mesmo, um velho filme em preto e branco, não me lembro do nome, estranho que o exibissem naquele horário, normalmente nas tardes de domingo na tevê só há coisas intragáveis. Só então percebi que em cima do aparelho havia um DVD e um gravador VHS.

Bom-dia, falei.

Tarde, resmungou a mulher sem olhar para mim.

Boa-tarde, corrigi.

Quer dizer, então, que a senhora é a recém-chegada, a escritora?

Perguntou com algum enfado na voz, inconfundível o sotaque toscano.

Fiquei um momento sem saber o que dizer. Não contara a ninguém da minha chegada àquela casa, e menos ainda podia entender como ela sabia alguma coisa ao meu respeito. Observei-a melhor. Claro, era a mesma mulher que de manhã nos servira os cappuccinos, eu tinha pago a conta da mudança diante dela. Foi aquele amigo seu, disse, no entanto, a mulher, o corretor imobiliário. Foi ele quem me disse que viria morar aqui. Mas os seus livros, não li nenhum, fique sabendo. Não me dou com escritores, gente doida. Pois é. Foi assim mesmo que falou, salientando aquele *pois é* no fim da frase, dando de ombros e aumentando o som da tevê, em resumo, sem a menor vontade de dar-me as boas-vindas.

Sentei a uma mesa, dá para comer alguma coisa, se não for incômodo? perguntei. Veja a senhora mesma, respondeu a mulher indicando o pequeno balcão envidraçado, praticamente vazio, este não é um restaurante, certo? Ficarei com uns biscoitos, respondi, tentando não me importar com o tom dela, e também gostaria de alguma coisa quente, um bom cappuccino, por exemplo.

Por exemplo ou de verdade?, perguntou séria.

De verdade, respondi intimidada.

A mulher bufou, parou o filme com o controle remoto e foi mexer na máquina do café expresso.

Acabei sentando àquela mesinha do canto, perto da vitrine, diante de uma embalagem de biscoitos com gengibre e do cappuccino, a cabeça baixa em cima da xícara fumegante, enquanto a mulher ocupava de novo o seu lugar no meio do local, na mesma posição em que se encontrava quando eu cheguei, e voltava a ver o seu filme. Por algum tempo, fiquei olhando também, era *A felicidade não se compra* de Frank Capra, e fiquei imaginando como poderia ser do agrado daquela mulher ríspida e fria. Fiquei ali, com os arrepios de frio correndo como insetos pelas minhas costas, diante da cena em que o desesperado George-James Stewart, na noite da véspera de Natal, quer matar-se, atirando-se no rio, mas é detido por Clarence, anjo de segunda classe que precisa fazer uma boa ação para merecer as asas, e decide mostrar a George como seriam as coisas se ele nunca tivesse nascido.

Naquele momento a porta se abriu e uma mulher idosa e sorridente entrou no local, segurava nas mãos um filme alugado, aqui está, acabo de pegar, assim agora podemos ver com calma, não estou atrasada, estou? e a mulher da padaria pulou da cadeira como se tivesse sido picada por uma abelha, com uma energia e um vigor inimagináveis, oi professora, cumprimentou-a, pegue uma cadeira que eu vou logo trazer o seu café, quer dizer que encontrou, que bom, que bom.

A recém-chegada olhou para mim, não sei se é uma boa hora, disse, parece que tem gente, agora, e então a dona da padaria virou-se com a expressão de quem está vendo um estorvo, alguma coisa incômoda, embaraçosa e acidental, que nada, é apenas uma freguesa.

Levantei-me na mesma hora, vesti o casaco, peguei a bolsa e perguntei, quanto lhe devo? Por um instante, mas só por um instante, a mulher quase pareceu arrependida, quanto lhe devo?, repeti, dois e cinquenta, ela respondeu seca, e eu deixei os trocados no balcão.

Saí batendo a porta, a vidraça fez um grande estrondo. Afastei-me como um cão ferido e raivoso, era assim que eu me sentia, e por um momento tive vontade de chorar.

Velha bruxa, pensei.

E voltei para casa.

4

O apartamento encontrado por Antônio, o amigo da imobiliária, ficava a uns poucos minutos da estação ferroviária, a uns poucos minutos do mar, a uns poucos minutos do centro, mas parecia-me, mesmo assim, longe de tudo. Era grande o bastante para mim e Sérgio, luminoso embora fosse apenas no terceiro andar e não tivesse lá uma grande vista, num bairro popular pouco a pouco colonizado por famílias mais abastadas, e não sei se isto era bom, este pessoal abria caminho às cotoveladas, queria tudo para si, a pobreza tinha de ficar longe, não podia ser vista, Deus me livre. Fomos visitá-lo num dia de sol, umas poucas semanas antes. A entrada dava para uma sala ampla, com duas janelas grandes e uma sólida biblioteca que o dono decidira deixar para nós para não ter o trabalho de desmontá-la e assumir os custos. Havia um banheiro um tanto modesto, um quarto de dormir com armários embutidos, uma despensa, dois cubículos e mais duas saletas que iríamos usar como escritórios. A cozinha era o aposento mais bonito, com uma velha pia de estilo genovês, de mármore cinzento, perto da janela. Era revestida de velhos azulejos claros, com flores azuis e vermelhas de que logo gostei, e também havia uma velha cristaleira, que imaginei ter ficado ali pelas mesmas razões da biblioteca.

Que tal, gostaram?, perguntara Antônio.
Gostamos, gostamos muito, respondera Sérgio.
Não precisa exagerar. Digamos apenas que o aluguel é honesto.

Não está fazendo direito o seu trabalho. Ouça, a um cliente qualquer diria que é fantástico, bem perto do centro, numa zona tranquila, num prédio com elevador e tudo mais.

E não é isto mesmo?, perguntara Sergio, sem prestar muita atenção, olhando para o relógio.

Antônio começara a rir, com aquela sua gargalhada gostosa. Fica num bairro popular, respondera entre sério e irônico. É verdade que fizeram uma boa reforma, mas ontem assaltaram uma velhinha bem diante do portão, um pouco mais adiante vendem drogas três vezes ao dia, e à noite é um deserto. O prédio é muito velho, embora não esteja tão mal, mas é úmido e precisa continuamente de algum conserto. Com este pé-direito tão alto vai ter de gastar uma fortuna em calefação. Os muros externos são bem sólidos, isto é verdade, mas as paredes que separam dos vizinhos são praticamente de papelão. Vai ouvir o vizinho até quando ele for mijar.

Estou lhe dizendo, você insiste em não fazer o seu trabalho direito, replicara Sérgio. Para mim, está ótimo. E se Margarida gostar, negócio fechado. E agora desculpem, mas tenho de pegar um avião.

Ficamos sozinhos, Antônio e eu. Ele olhava para mim e eu olhava pela janela para Sérgio, que, na rua, se agitava todo falando pelo celular. Lembro que pensei já tê-lo visto muitas vezes fugir para algum destino longínquo, às vezes saindo da minha casa, às vezes da dele. A partir daquele momento iria vê-lo se afastar através dos vidros da nossa casa.

Então, Margarida?
Tudo bem, vamos ficar com este.
Antônio me fitava incrédulo.
Nenhuma perplexidade?
Nenhuma.

Receio não entender. Vimos dezenas de apartamentos melhores do que este. Por que, então?
Porque este é o único que vimos juntos. Quer dizer, Sérgio e eu.

Antônio fez um gesto com as mãos, queria acrescentar alguma coisa, mas se deteve. Provavelmente deve ter pensado que, afinal de contas, não era problema dele.

5

Depois do encontro com a horrível mulher da padaria, voltei ao apartamento e fiquei mais uma vez diante do amontoado de caixas que quase chegava ao teto, o que dera na cabeça deles para arrumá-las daquele jeito?, eu nunca conseguiria descê-las, sozinha. Apinhados naquelas caixas, havia os infinitos livros meus e de Sérgio, a louça e o resto, coisas pesadas demais. Mas tinha de começar, mais cedo ou mais tarde, mesmo que lá fora já começasse a ficar escuro.

Senti o frio nos ossos. Fui até o aquecedor a gás e tentei entender como funcionava, apertei com força o botão vermelho para ligar, várias vezes, mas nada aconteceu. Peguei o telefone para ligar para o número de serviço colado naquele apetrecho infernal, mas percebi que não dava linha, o aparelho estava desligado. Comecei a ficar inquieta. Tirei o celular da bolsa, teclei o número. Depois de uma espera de quinze minutos, durante a qual uma voz repetia calmamente bonitas frases sobre a duração da chamada entre uma musiquinha sem graça e outra, finalmente alguém atendeu.

Pode falar.
Bom-dia.
Boa-tarde, pode falar.
Boa-tarde. O aquecedor está travado, não liga, só percebi agora.
Seu nome, por favor.
Margarida Malinverni.
Mal o quê?

Malinverni. Como Mal e Inverni Maleinverni?

Não. Mal depois inverni, sem o e.

Seu telefone, por favor.

O fixo não está funcionando, posso dar o celular.

É dele que está ligando?

Dele mesmo.

Está bem, posso ver o número no monitor. Entraremos em contato.

Como assim, está bem?

Já lhe disse, entraremos em contato.

Mas eu estou tremendo. Não tenho água quente. A casa está um gelo.

O que quer que eu faça? Hoje é domingo, dona Malinverni.

Não há algum técnico que possa vir logo? Moro perto da Estação Príncipe.

Onde?

Gênova, perto da Estação.

Queira desculpar, madame, mas eu estou em Pontedera, a Estação Príncipe, para mim, poderia estar na lua.

E o que é que eu vou fazer?

Pergunta pra mim?

Senti a raiva crescer nas minhas entranhas, devia haver algum jeito de resolver o problema. Tentei chamar Antônio, mas o seu celular estava desligado. Liguei para o número de casa, mas ninguém atendia. Deixei uma mensagem na secretária eletrônica, depois outra na caixa postal do celular, e mais outra e mais outra.

Enquanto isto, liguei para avisar do telefone mudo. Uma fita gravada entreteve-me por mais dez minutos. Aí a voz chateada de alguém que parecia estar ali por acaso resmungou uma espécie de cumprimento.

Ouça, o telefone está mudo. Mas de manhã funcionava.
De onde está ligando?
Gênova.
Nome?
Margarida Mal-in-verni.
Está mal, não é?
Muito engraçado.

Demorou um pouco, mas finalmente o sujeito tomou nota para programar o conserto. O aparelho voltaria a funcionar dentro de setenta e duas horas, disse a voz com sotaque napolitano.

Setenta e duas horas?
Está querendo o quê? Hoje é domingo.

Mais raiva, peguei o celular e o joguei na parede. Ficou partido em dois, enquanto eu também ia caindo aos pedaços.
Voltei ao aquecedor. Comecei a bater frenética no botão vermelho, apertando com força, socando de mão fechada, até que de repente faltou a luz. Aí entrei em pânico. Comecei a me mexer na penumbra, apalpando as paredes, tentando encontrar a caixa do registro geral. Acabei encontrando, atrás de uma pilha de caixas apoiadas na parede, tentei movê-las, uma balançou perigosamente e caiu em cima de mim. Senti uma dolorosa fisgada, primeiro no braço e depois na perna, mas não me dei por vencida. Pulei em cima e, sem ver direito, procurei até encontrar o disjuntor. Levantei a pequena alavanca e a luz voltou. Suspirei aliviada, mas logo a seguir houve um novo estalo. Estava novamente no escuro, galgando aquele improvável amontoado de caixas instáveis.

Tinha perdido a batalha, aí estava o resultado da minha raiva desabafada contra o aquecedor, contra o meu celular, eis o resultado de tudo. Lá estava eu, perdida naquela casa desconhecida e hostil, esbarrando nas portas e trombando nos cantos, tropeçando em malas e caixotes enquanto a noite chegava e ficava cada vez mais frio. Procurei, tateando a minha bolsa, encontrei as gotas, abri a boca e engoli umas vinte, mais que o normal. Voltei a perambular pelo apartamento, não sabia o que fazer, como agasalhar-me. Caí em cima de um saco, e foi a minha sorte. Uma coisa, pelo menos, eu tinha encontrado, um edredom bem espesso que muitos anos antes havia sido da minha mãe. Arrastei-o para a cama como se fosse um cadáver, ajeitei-o em cima do colchão novo ainda na embalagem de plástico que cheirava a nova, deitei e me envolvi naquela bendita coberta acolchoada que parecia tão fria quanto mármore. Eu batia o queixo, tinha certeza de que ia ficar gripada, a raiva fora embora deixando-me murcha como um saco vazio. Percebi aquele torpor que vem antes do sono, e entreguei-me com gratidão, feliz com sua chegada.

Não sei se foi a febre, ou aquela estranha sonolência, mas de repente tive a impressão de ver claramente a figura da prima Irene, empertigada no meio do aposento, com seus cabelos pretos presos num rabo, as suas roupas sempre perfeitas, as pernas compridas e cuidadosamente depiladas, os sapatos da mesma cor que a bolsa e o seu jeito de falar sempre comedido e monótono, mas afiado como uma navalha. Repetia, eu bem que lhe disse, não pode fazer sempre o que lhe dá na cabeça, e isto prova que não passa de uma desorganizada crônica, que nunca consegue fazer alguma coisa certa. Mas Irene, o que está dizendo?, eu respondia, vê se me ajuda, em vez de ficar aí me acusando. Gritei as palavras e ela sumiu, você está certa, murmurei, você está certa. Então, mas talvez já estivesse sonhando, pareceu-me ouvir a mulher do outro lado da parede, como ouvira de manhã. Mas já estava longe, encolhida naquele canto de terra de ninguém, sozinha.

Foi assim que passei a primeira noite, barricada na minha trincheira.

6

O segundo dia nunca é como o primeiro, pode ser bem pior. Já não estava febril, mas mesmo assim achei melhor procurar o termômetro, onde poderia estar?, talvez com os remédios na caixa de papelão onde estava escrito BANHEIRO, na pirâmide de equilíbrio instável? Sentia-me como uma sobrevivente perdida entre os escombros; no meio daquela total confusão, encontrei uns suéteres de lã e os vesti, um em cima do outro, para vencer o frio, a única fonte de calor eram os apartamentos vizinhos, o do andar de baixo e o que ficava ao lado. Aquele onde ouvira a mulher chorando.

Pouco a pouco, no entanto, as coisas iam mudando, um bonito sol começava a brilhar, afugentando as nuvens e deixando o céu limpo. A rua se animava, podia ouvir o som dos despertadores, uma música distante, vozes de pessoas que inauguravam o dia. O prédio já não parecia deserto, eu poderia sair, pedir ajuda aos vizinhos, explicar que não tinha um telefone com que chamar alguém, que estava com frio, que o aquecedor não funcionava, que estava sozinha, prisioneira da minha casa, assustada como um cão espancado. Saber disto me reanimava, embora não adiantasse nada.

De repente ouvi umas vozes no patamar, aproximei-me da porta e dei uma espiada pelo olho mágico. Havia um homem, um menino, uma jovem e uma mulher, parados diante do elevador. O homem usava um sobretudo escuro, era alto e vigoroso, de ombros largos e queixo bem marcado, com ar sério e imperativo olhava para o elevador, tamborilando na porta com a ponta dos dedos. A criança menor, um menino pálido e magro de cabelos

loiros, devia ter uns cinco anos, não parava de bocejar, a jovenzinha mantinha a cabeça baixa, de livros entre as mãos, parecia olhar para um ponto longínquo. Talvez ela também ainda estivesse com sono, enquanto a mãe lhe acariciava um ouvido. Então a porta do elevador se abriu, o homem mandou entrar os filhos, primeiro o menor, depois a garota, despediu-se da mulher com um gesto distraído e desapareceu. A mulher ficou sozinha, imóvel, rígida. Continuava de olhos fixos no lugar onde tinha visto os seus desaparecerem, de rosto subitamente contraído, sério, quase pesaroso. De repente começou a apalpar a testa com a mão, a esbofetear de leve o rosto, o pescoço, a cabeça, batia por toda parte, mexia os braços magros aos pulos, com movimentos desordenados, cortava o ar, golpeava o vazio, mas com força e com raiva, e eu fiquei ali, olhando atrás da porta, gelada.
 Então, de repente aconteceu.
 Espirrei e ela ouviu. Virou-se, deu um ou dois passos rumo à minha porta, olhava para mim, assustada, de olhos brilhosos, e, quanto mais se aproximava, mais podia ver o seu rosto deformado pela lente do pequeno orifício. Segurando a respiração, fiquei parada, sem mexer um músculo sequer.
 Nossos olhares se cruzaram, mas só eu sabia disto, vi aqueles olhos gigantescos que quase me apavoraram. Depois recuou, sumiu e ouvi o estalo de uma porta que se fechava. Delicadamente, sem fazer barulho.
 Aquele encontro deixou-me atemorizada. Sentei numa caixa no corredor, apoiando a cabeça na parede e tentando respirar. Pensava naquela mulher, provavelmente a mesma que eu ouvira chorar um dia antes, através da parede, achei que talvez fosse um tanto desequilibrada. Fiquei sentada ali, sei lá por quanto tempo. Quando me levantei para voltar a deitar-me na cama, percebi que a caixa na qual sentara era aquela que estava procurando, aquela com o rótulo BANHEIRO, e a abri.
 Comecei por ela.

7

Devagar, penosamente, fui tirando várias coisas de que precisava, sem me dar por vencida. Tudo de uma vez, sem parar, até acabar com o estoque. Desembrulhava os objetos sem pressa, mas com constância e do meu jeito, isto é, sem método algum, e, embora pudesse imaginar a prima Irene torcendo o nariz, gostava daquilo. Guardava uma coisa de cada vez, e se o olhar caísse num livro, pegava-o e folheava-o, para então colocá-lo nas estantes que o proprietário tinha deixado, e olhava para elas, pensando que, sim, não era realmente uma bonita biblioteca, mas até que eu poderia dar uma arrumada, talvez pintando. Se de uma caixa de papelão despontava um vaso, passava o espanador e o levava para a cozinha, dizendo a mim mesma que ia ficar uma graça em cima da mesa. Desse jeito, levaria dias para arrumar a casa, mas parecia-me que só assim podia dar uma recepção adequada e digna aos objetos que arrastara comigo para aquele pedaço de vida, parecia-me dar um sentido àqueles momentos, e aquela maneira improvisada e irracional de começar o dia me fez sentir melhor.

Enquanto trabalhava, a campainha tocou. Abri e vi os rostos ansiosos de Antônio e da prima Irene. Quer dizer que ficou em casa, afinal? Tudo bem com você? O que houve?, repreendeu-me Irene. Nada, estava arrumando as coisas, falei. Sabe que Antônio passou aqui ontem à noite?, ela rebateu, e eu estou ligando desde as seis da manhã, inclusive para o celular, que obviamente está desligado. Isso mesmo, toquei a campainha e bati à porta por um tempão, acrescentou Antônio, depois das suas mensagens já não sabia o que pensar, aí achei que tinha ido dormir na casa de alguém.

Não ouvi, desculpem, estava dormindo.

Trocaram olhares cúmplices. A prima Irene tirou o casaco, olhou em volta para ver onde pendurá-lo, então decidiu ficar com ele. Passou por cima dos amontoados de coisas e começou a soltar o verbo.

Se ainda não tiver reparado nisto, querida, fique sabendo que está cheirando a vômito, estou lhe dizendo porque sei que Antônio é educado demais para falar uma coisa destas, e está com uma cara de dar medo, e, com toda esta balbúrdia, quase parece que estourou uma bomba, e além do mais faz um frio do cão, pelo menos isto você sabe, não sabe?, ou quer que chame uma ambulância de um hospital psiquiátrico?

Eu sei, admiti, não posso usar a água, está gelada, não há calefação, acho que o aquecedor não funciona, e também está faltando luz.

Algum outro desastre?

Pode ser que eu esteja gripada. E me vomitei toda.

A prima Irene deu mais uma olhada em Antônio e saiu para o quarto. Ouvi ruídos, estava se mexendo, ligou também para a mãe, a eficiente tia Rita, dizendo que sim, ela está bem, parece que pegou uma gripe, e além do mais você já sabe, conhece o jeito dela, sim, claro, vou dizer que manda lembranças, tchau, então, tchau. Antônio foi dar uma espiada no aquecedor, começou a se ocupar com ele, aí foi até o disjuntor geral, deslocou a pilha de caixotes, encontrou as peças do celular e juntou de novo, sem dizer uma só palavra.

Logo a seguir a luz voltou e a água quente começou a correr pelos canos até chegar aos radiadores da calefação. Não pude evitar um sorriso, o primeiro naquela casa, e me senti mais tranquila.

E aí, por onde começamos?, perguntou a prima Irene, com ar decidido.

Fiquei tentada a entregar-me em suas mãos, nas dela e nas de Antônio, se a prima Irene decidia cuidar de alguma coisa, era tiro e queda, num piscar de olhos a casa ficaria decente e eu não precisaria ficar naquele purgatório sabe lá por quantos dias. E Antônio tampouco iria tirar o corpo fora, não o conhecia muito bem, mas parecia estar sempre disposto a ajudar, e eu tinha medo de enfrentar tudo sozinha, de ficar novamente em pânico como na noite anterior.

Ouça, não me leve a mal, falei tudo ao contrário, mas gostaria de sair dessa sozinha. Já fizeram até demais. E quanto ao telefone, já avisei que não está funcionando e, de qualquer maneira, tenho o celular.

Há horas, insistiu a prima, em que seria bom ter a humildade de aceitar o apoio dos outros. Tive de fazer um esforço para não concordar com ela, para não dizer, está bem, então fique, fique aqui em casa por alguns dias, afinal as meninas estão crescidas, e seu marido vai dar um jeito mesmo sem você, enquanto eu preciso de ajuda, aqui não falta trabalho, e já sabemos que os surtos de pânico podem chegar a qualquer hora, do mesmo jeito que sumiram, podem reaparecer quando você menos espera.

Pode ficar tranquila, confie em mim, vou ligar para você, limitei-me a dizer.
Como quiser. Voltarei mais tarde. Afinal, com você é assim mesmo, não há nada a fazer, cabeça dura como pedra. De qualquer maneira, trouxe uns pãezinhos e umas maçãs. Até mais, então.
Até.
Está tomando os seus remédios?
Estou.

Mentira. Naqueles dois dias esquecera por completo. A prima foi embora resmungando, enquanto Antônio olhava para mim do seu jeito semissério.

    Sinto muito, desculpe se liguei para o celular, não sabia o que fazer, bobagem minha.
    Tem certeza de que não precisa de ajuda?, perguntou, sorrindo.
    Sim, claro, pelo menos acho.
    Não quero parecer intrometido, mas Sérgio me contou o que houve com você algum tempo atrás. Sei que não esteve bem.
    Agora estou melhor. Estou bem mesmo.
    OK, não vou insistir. Mas a próxima vez que quiser ligar o aquecedor, abra primeiro o registro do gás.
    Está bem, obrigada.
    E procure não socar o botão vermelho. Estava com um fio solto.

Fiquei sozinha, um tanto irritada e também surpresa. Não me parecia possível que Sérgio, normalmente tão discreto, fosse comentar por aí os nossos problemas, e muito menos os meus. Sabe lá o que lhe contara. Os dois eram amigos, mas eu mal conhecia o Antônio. Esforcei-me para não pensar no assunto, afinal de contas não era uma coisa tão importante, procurei reunir forças. Liguei o rádio, comi uns pãezinhos de Irene, muito bons, ainda quentes, mordisquei uma maçã, logo que descobri umas toalhas e o roupão tomei um longo banho de chuveiro. Decidi então que era hora de voltar ao trabalho.
    Devagar, no entanto, sem pressa.
    Alguns dias são melhores que outros.

8

Tinha conhecido Sérgio numa tarde de verão, sete anos antes, estávamos à beira-mar, um jantar barulhento com amigos e amigos de amigos. Na verdade, eu não conhecia quase ninguém, ao meu lado um sujeitinho bronzeado e falador exibia-se num incontido repertório de piadas, provocando rumorosas gargalhadas alimentadas pelo vinho.

Sérgio estava sentado diante de mim e não participava do entusiasmo da turma. Estava calado, olhando para mim, e fazia isto de um jeito estranho, e a certa altura eu me senti bonita.

Voltei a vê-lo perto de casa, alguns dias depois, ia nervosamente para cima e para baixo, e falava de trabalho no celular. Aproximei-me sem ele perceber, uma mala em uma das mãos e uma mochila na outra. Eu estava a ponto de me juntar a um casal de amigos na Toscana, na praia, onde ia ficar por uns poucos dias, talvez uma semana, ainda não sabia ao certo. Era verão, e estava com vontade de deixar para trás o trabalho e a rotina.

Quando percebeu a minha presença, ele cortou a ligação na mesma hora, chegando perto de mim com o mesmo olhar de duas noites antes, curioso, doce, convidativo. Eu sorri, deixando a mala no chão.

Está de partida?, perguntou meio atônito.
Estou, respondi, o trem sai dentro de meia hora.

Ele ficou sério, enfiando as mãos nos bolsos, procurando encontrar as palavras. Titubeava, no começo, depois falou decidido.

Não poderia adiar? Não é por acaso que estou aqui.

Foi isto mesmo que ele falou.

Não adiei as férias, mas dali a três dias Sérgio foi me ver na Toscana, e na semana seguinte estávamos num trem para Paris. Foram meses intensos, maravilhosos, todas as coisas pareciam-me novas e surpreendentes. Mal pensávamos no trabalho e em tudo mais, esquecíamos até os amigos, só para ficarmos juntos, éramos como dois jovens sedentos de viver aquela condição extraordinária e especial, uma espécie de mágico mundo paralelo. Até a hora em que as nossas vidas nos chamaram de volta à realidade. Ele foi encarregado de um serviço no exterior pelo jornal onde trabalhava, era importante que aceitasse, além do mais porque alguém se havia dado conta do seu talento como fotógrafo. Eu também fui forçada a voltar ao trabalho e recomecei a escrever. Tinha recebido os primeiros ponderados elogios, não podia nem queria deixar a coisa morrer assim, tinha de trabalhar num roteiro.

Fomos ambos atropelados pelas coisas que, por algum tempo, tínhamos adiado, e eu entreguei-me à vida frenética de sempre, a que me protegia de lembranças desagradáveis e de incômodos fantasmas. Ele começou a ausentar-se por períodos cada vez mais longos.

Os anos passaram e nunca nos afastamos por completo, só perdemos pedaços nossos ao longo do caminho, e era cada vez mais difícil reencontrá-los.

Afinal de contas, meias medidas nunca tinham sido o meu forte, e muito menos o dele.

9

As coisas começaram a melhorar. Pouco a pouco o apartamento foi ficando mais aconchegante, as estantes ficaram cheias, assim como os móveis. A cozinha parecia mais graciosa e, depois de um duro trabalho de limpeza e de arrumação das prateleiras, fiquei satisfeita. A cristaleira era muito pesada, mas decidi mudá-la de lugar eu mesma, sem recorrer aos vigorosos Luiz e Felipe nem a Antônio, que sem dúvida me ajudaria. Dei um jeito sozinha, bem devagar, sem maiores problemas. Dobrava-me com as costas apoiadas no trambolho, fincava os pés na parede e empurrava, deslocava-o só uns poucos centímetros e parava para retomar fôlego. Centímetro após centímetro, conseguira, afinal, deixar o móvel no lugar que me parecia mais adequado, sentia-me satisfeita e dizia para mim mesma, é assim mesmo que se faz.

A prima Irene aparecia, dava uma olhada cética em volta, aí se virava para mim e me lembrava que os médicos me haviam feito prometer que não iria cansar-me depois de sair do hospital. Você é uma cabecinha de vento, ora bolas, dizia a prima entre um pequeno arroto e outro, mas faça como quiser, como sempre fez, aliás, tem o mesmo gênio da sua mãe, com aqueles seus delírios de onipotência, quanto a isto não há dúvida. Mas logo se arrependia de tê-la mencionado, a minha mãe, falar nela era um tabu, para todos e ainda mais para ela, e então mudava rapidamente de assunto, claro que aqui, com esta luz, seria o lugar ideal para umas plantas, mas sem exageros, nada de transformar isto numa estufa. Pegava a bolsa e o casaco, sacudindo-os de leve e se queixando da poeira, e saía repetindo sempre a mesma ladainha, volto amanhã, pois não dá para confiar naquilo que você faz. Pedira até uma cópia das chaves, se porventura se meter em alguma encrenca, sei lá, como cair de uma escada, quebrar uma perna ou algo parecido. Era o jeito dela de me querer bem, afinal de contas.

No terceiro dia, chegou com duas sacolas de compras e umas garrafas de água mineral. Não está vendo como está magra?, resmungou e arrotou, não pode continuar a comer latinhas de atum e biscoitos salgados, e a tomar aquela água horrível da bica que sabe a cloro.

Eu tinha realmente comido muito pouco, naqueles dias. Nunca mais botara os pés fora de casa, alimentava-me com os poucos enlatados que trouxera comigo.

Fiquei olhando enquanto ela guardava tudo na geladeira e no armário, com aquele seu ar sempre atento e compenetrado, era por isto que, de alguma forma, eu a admirava.

Pronto.

Obrigada. Quanto é que foi?

Deixa pra lá. Vamos juntar tudo numa conta só, no fim.

Muito gentil de sua parte, Irene.

Esquece. Só tem a mim, para fazer estas coisas.

Sentou à mesa da cozinha e acendeu um dos seus cigarros longos e finos, e eu a vi levá-lo à boca e manchá-lo de batom cor de cereja. Fumava e olhava em volta, sem dizer uma só palavra, e eu, sentada diante dela, fazia o mesmo. A conversa entre nós, afinal, nunca tinha sido muito brilhante. Ficamos paradas, cada uma com seus pensamentos, como sempre.

Havíamos sido criadas juntas, a prima Irene e eu, pelo menos a partir dos meus dez anos de idade quando, com a morte da minha mãe, fiquei sozinha e fui entregue aos tios. Naquele tempo, a prima já tinha quinze anos. Não demorei a perceber como ela era ciumenta das atenções que os outros me dedicavam, eu era a pobre órfã que devia ser consolada devido à sua grande perda, portanto, presentes e carinho nunca me faltaram, nem da irmã de minha mãe nem do marido dela, e tampouco dos amigos. E ela, por ser mais crescida, teve o encargo de cuidar de mim e talvez a sua dor pela trágica morte da minha mãe, de quem ela muito gostava, não tenha recebido a atenção que merecia. Foi aí, eu acho, que começou a odiar-me. Mas nunca deixou que isso transparecesse abertamente, acostumou-se a controlar as emoções. Dividiu o quarto e seus espaços comigo, mas eram apenas espaços físicos que ela me concedia, no seu mundo eu não tinha permissão de entrar. Era gentil, pois seus pais esperavam isso dela, mas muitas vezes a surpreendia fitando-me séria e severa, com aquele olhar rancoroso que parecia querer dizer, mas que diabos você está fazendo aqui?

Quando completei onze anos, tia Rita disse que algumas vezes, nas tardes de domingo, eu poderia sair com a minha prima. Declarou isto certa noite, no jantar, e de repente a prima Irene ficou branca e parou de comer. Aquelas tardes, longe dos deveres e das "tarefas de irmã mais velha", como a tia Rita as chamava, se haviam tornado para ela os seus únicos momentos de liberdade. Depois do jantar, a prima Irene e eu ajudávamos a limpar a mesa. Tia Rita pegava as luvas de borracha, apertava o avental na cintura e lavava a louça, enquanto nós íamos com o tio Cesare até a sala para assistir televisão. Mas aquela noite Irene não veio, ficou na cozinha e eu a ouvi conversando animadamente com a mãe. O tio Cesare também ouviu, afagou-me, passando a mão na minha cabeça, levantou e foi juntar-se a elas. Eu fiquei olhando para Calimero, o patinho preto do anúncio de um sabão em pó, que tocava o *Barbeiro de Sevilha* com os outros animais da chácara, sob a batuta de uma coruja que dizia, prestem atenção, cuidado, respeitem o tempo. A voz de minha tia, no entanto, me distraía. Então, fui até o corredor para escutar a conversa.

Assunto encerrado, Irene, disse minha tia.
Mas mãe, Margarida vai se chatear com a gente.

Essa menina está sozinha demais, pobre criança, até na escola já notaram. É introvertida, muito fechada.

Mas mãe, eu estou com quase dezessete anos, se for com ela, também vou acabar sozinha, sem amigas nem amigos.

Você mesma disse, está com quase dezessete anos, e por isto mesmo tem de assumir a sua parte de responsabilidade.

E vou ter de pagar por aquilo que aconteceu?

Não blasfeme, Irene, todos nós pagamos por aquilo que aconteceu.

Falou com voz trêmula, então ouvi o barulho de uma panela jogada com força no mármore da pia e o tio Cesare que dizia, baixinho, vamos lá, Ritinha, acalme-se, pare com isso.

Desculpe, mamãe, disse a prima Irene.

Faça o sinal da cruz, vamos lá, não sabe o que está dizendo.

Margarida é jovem demais para ficar com a turma, insistia.

E amanhã vai se confessar com o padre.

Procure entender.

Quem tem que entender é você. Uma tarde por semana, afinal, não é lá grande coisa, e terá todos os outros dias para ver suas amigas.

E se alguma vez eu quiser ver Marco?

Marco quem?

Marco Lolli. Um colega da escola.

É da sua turma?

Não, ele está no quinto ano.

É mais velho, então.

Só dois anos.

Seja como for, não me parece haver problemas, mesmo que se encontre com o rapaz.

Mas estou com dezessete anos, ora essa.

Para início de conversa, ainda está com dezesseis. Além do mais, se com ele faz coisas que a sua prima não pode ver, então é melhor que nunca mais se encontre com este tal de Lolli.

Mas mãe...

Assunto encerrado, eu já disse.

Voltei em silêncio para a frente da tevê. Calimero estava se queixando porque havia sido posto para fora, isto é jeito de tratar a gente?, fazem isto porque são grandalhões, e eu sou pequeno e preto, não é justo. Aí aparecia a menininha vestida de holandesa que o pegava dizendo, não é nada disso, Calimero, quantas vezes tenho que dizer?, você não é preto, só está sujo. E o jogava na máquina de lavar.

O que houve com Calimero?, perguntou o tio Cesare sentando ao meu lado, enquanto, na tevê, o patinho ficava branco e gritava que maravilha, veja só como estou limpo, *Sabão Ava, como lava!*

Naquela noite a prima Irene e eu estávamos no quarto, cada uma em sua cama, cada uma com seus pensamentos, fingindo ler. Ela falou as coisas de sempre, agora vou apagar, durma, boa-noite. Mas eu não conseguia dormir. A certa altura, respirei fundo e perguntei:

Irene, você me odeia, não é verdade?

Não diga bobagens, durma. Você é como uma irmã, para mim.

Não disse mais nada. Depois de uns momentos, entretanto, ouvi um pranto abafado e uns baques surdos, e compreendi que estava dando socos no travesseiro.

E aí começaram aquelas tardes intermináveis, ainda aceitáveis quando ela encontrava as amigas, a Lívia, a filha do salsicheiro, e a Big Sílvia, a gorduchinha de peitos enormes. Nunca deixava de pedir a mesma coisa, a prima Irene, não saia de perto, não mexa em coisa alguma nem pense em ficar ouvindo a nossa conversa, pois do contrário não a trago mais comigo, está entendendo? A única hora realmente serena era quando íamos ao cinema. Ela sentava com as amigas e me mandava ficar umas fileiras mais adiante. Aí, logo que as luzes se apagavam, eu podia relaxar, já não me sentia um estorvo, nem sozinha demais, finalmente estávamos no escuro, e, além do mais, havia o filme.

Se o encontro era com o namoradinho, no entanto, a coisa não era nem um pouco agradável. Ele era cruel comigo, ficava me gozando e me chamava de piolho quando estava de bom humor, de piolho asqueroso e de percevejo nojento quando estava mal humorado. Procuravam se afastar, sentados num banco do parque, e eu tinha de sumir de vista. Ele olhava para mim, dizendo fique aqui, não se mexa, ela mostrava-se pouco à vontade e murmurava Marco, é só uma menina, daqui a pouco vai escurecer, se lhe acontecer alguma coisa?, e ele rebatia, acha mesmo que alguém vai querer ficar com ela, o piolho?, venha comigo e pare de chatear. Lolli sempre a tratava mal, a prima Irene, puxava-a com força, a chamava de vaca e lhe dizia frases como, olha só se este é o jeito de se apresentar, ou então, com esse batom fica realmente com jeito de puta.

Quando se afastavam, eu me virava para não vê-los, de vez em quando ouvia a voz dela que dizia, pare com isto, o que acha que está fazendo? Eu permanecia imóvel e, logo que escurecia, ficava com medo, e então ia esconder-me atrás de uma moita.

Depois de algum tempo, Irene aparecia, sozinha, de roupa amassada e cabelos desgrenhados, vamos lá, está ficando tarde, dizia, e saíamos correndo para casa, mas antes de entrar parávamos, ela pegava o pente na bolsa e dava para mim, aí tirava a maquiagem e o batom com lenços de papel que sempre levava consigo, enquanto eu penteava o seu cabelo, alisando-o direitinho, cuidando para não machucá-la se havia algum nó, os cabelos negros da prima Irene eram lindos. Depois disto, ela ajeitava o vestido, esticava o collant naquelas suas pernas longas e bem torneadas, fazia o sinal da cruz e murmurava, Jesus, José e Maria, sois a salvação da minha alma, e repetia vamos logo, que está ficando tarde e já sabe o que tem que dizer, não sabe?, a gente estava no cinema.

Entrávamos em casa apressadas.

Às vezes acontecia de ela se virar para mim e sorrir.

E então eu pensava, Irene me quer bem.

10

Naquela noite de quarta-feira eu estava deitada no sofá, folheava distraidamente um livro, os meus olhos quase se fechavam no vago e agradável cansaço que tomara conta de mim. Era a primeira vez que podia ficar esparramada, distante e preguiçosa, aproveitando a indolência enquanto o rádio tocava baixinho e me ninava com uma sinfonia de Schubert. Vez por outra olhava em volta, satisfeita. O apartamento começava a ter a aparência que eu desejava, queria que fosse aconchegante, que transmitisse calor. A água quente, agora, gorgolejava devidamente nos radiadores, e eu estava cercada por um agradável calor.

Do apartamento ao lado chegavam conversas e risadas, barulho de rolhas de garrafas destampadas, copos que tilintavam nos brindes. Os vizinhos deviam ter convidado uns amigos para festejar alguma coisa, podia imaginá-los sentados em volta de uma mesa farta e animada. A voz dele, inconfundível, de repente gritou vamos lá, crianças, hora de dormir, cumprimentem todos, um beijo na mamãe e todos para a cama que amanhã vocês têm aula.

O telefone tocou de repente e me levantei com um pulo. Era Sérgio.

Finalmente. Tudo bem com você?

Havia dois dias que não falava com ele, e tinha vontade de ouvir a sua voz, de contar um montão de coisas. Queria principalmente saber onde estava e quando iria vê-lo de novo.

Tudo bem, sem problemas, disse Sérgio.

Que bom, fico contente em ouvir a sua voz, murmurei emocionada.

Não se cansou demais?

Não, deu para aguentar. Irene ajudou, fez as compras, chamou Antônio. Ele é muito prestativo, muito gentil.

Continua tomando os remédios?

Sim, claro que sim. Mas diga, quando vai voltar?

Posso ficar tranquilo mesmo?

Quem se preocupa com você sou eu. Onde está agora, precisamente?

Não precisa se preocupar. Estamos num lugar seguro, estou até descansando.

Não me convenceu. Descansar não era uma palavra do seu vocabulário.

Mas quando acredita que vai voltar, afinal?

Estarei em Paris na semana que vem, acho. Depois volto para casa, pelo menos por alguns dias.

Alguns dias?

Senti uma fisgada de decepção no coração.

Terei de partir logo para Nova York. Sabe aquele projeto da exposição na ONU de que lhe falei? Parece que vai sair. Mas estamos em cima da hora. Precisamos nos reunir.

Entendo.

Não consegui dizer mais coisa alguma.

Mas você precisa ir comigo, quanto a isto não há dúvida.

Na semana que vem? Para Nova York?

A decepção transformou-se em angústia. Uma viagem, naquela altura. Fazer as malas, cuidar das passagens, pegar um trem para Milão, e depois para o aeroporto, passar pelo check-in, cercada de sacolas de plástico do duty-free de outros passageiros, seguir penosamente em frente, um passo depois do outro, aguardar a chamada perambulando pelas anônimas salas de espera e aí pegar o avião, superar aquele vago medo de voar que eu sempre tive sem nunca confessar abertamente, e pousar em Nova York, esperar a chegada das malas com a ansiedade de elas não aparecerem, e aí os quartos de hotel, os convites, os jantares barulhentos, os sorrisos de praxe e tudo mais.

Claro, eu estarei meio atarefado, mas você pode sair, encontrar Fred e Lisa, vão gostar de revê-la, e Philip também nos espera. À noite vamos encontrar pessoas, as coisas de sempre.
Pois é, justamente o que eu receava.
Está bem. Só me dê uns dois dias para pensar no assunto.
O que foi? Não estou ouvindo.
Sabe como é, eu deveria recomeçar a pensar no livro. Concentrar-me. Não tenho muito tempo.
Ótimo. Como está indo?
O quê?
O livro.
Não vai. Só tenho pensado na casa.
O que foi que disse?
Que não escrevi nada. Vou ter de recomeçar. Mas se você achar melhor que eu vá a Nova York, então está bem. Se não houver nenhum outro jeito de ficarmos juntos, eu irei.
Vem ou não vem? Desculpe, não estou escutando direito, mal consigo ouvir a sua voz.
Deixe-me pensar, não pode ligar de novo?
O que disse?
Diga pelo menos onde está, como se chama o lugar em que se encontra?
A linha caiu.

Tinha pendurado na parede um mapa do Afeganistão, o mais atualizado que havia encontrado, e cada vez que Sérgio ligava

costumava assinalar o lugar em que se encontrava com um círculo vermelho e a data.
Não ia marcar nenhuma porcaria de aldeia, naquela noite. Ouvi os vizinhos que se despediam dos amigos no patamar, a porta do elevador que se fechava e, a seguir, a de casa. Joguei-me mais uma vez no sofá, subitamente cansada. Todas as energias que me haviam sustentado naqueles últimos dias pareciam ter-me abandonado. Uma leve palpitação insinuou-se na minha garganta, comecei a respirar e a engolir com algum custo, um estranho zunido tomou conta da minha cabeça. Era ansiedade.
Fui para o quarto, sentei na cama. Um ataque de pânico naquela hora era a coisa de que menos precisava. Agarrei um dos muitos vidrinhos perfilados na mesinha de cabeceira, arrumados, um para cada necessidade, abri-o, botei um dedo de água no copo e fui contando as gotas, uma, duas, três, quatro, a mão tremia. De repente um baque surdo do outro lado da parede me fez estremecer. Mais um, eu continuava a contar. Sete, oito, nove, dez. Outro golpe, um gemido. Frases murmuradas que não entendia, e mais baques. Dez, onze, não, quinze, quantas gotas botei?
Aí uma espécie de latido gelou o meu sangue.

Não, eu lhe peço, por favor, não.

Os passos se afastaram, eu não me mexi enquanto ela continuava a ganir baixinho. Queixava-se e assoava o nariz, não, meu deus não, meu deus não, repetia, ajude-me, senhor, ajude-me, e assoava o nariz.
De repente, no quarto ao lado, a porta se abriu de novo, os passos se reaproximaram, e a voz do homem dizia, vamos, pare com isso, seja uma boa menina, olhe só para a sua cara, a culpa é sua, está entendendo?, só sua, veja o que me força a fazer, fico até com vergonha, arrume-se agora, sua boboca, e pare de tremer, já lhe disse que sinto muito, levante-se e limpe o rosto, e o chão também, agora vou acordar as crianças e ficamos fora por uns dois ou três dias, você não pode sair por aí desse jeito, deixe ver,

e afaste essa mão, vamos lá, não vou machucá-la, sabe que lhe quero bem, não sabe? Não, não chore, já pedi desculpas, deixe ver, pare com isso senão vou chorar também, não tem nada de grave, vou acordar as crianças e vamos embora, amanhã você liga para o colégio e a creche e diz que estão doentes, eu ligo para o escritório, vou dizer que não está passando bem e tiro uns dias de folga. Está mais calma agora?, vamos, pode ficar tranquila, não sei o que deu em mim, já fazia muito tempo que não acontecia, viu o que me força a fazer?, você me deixa louco, me perdoe, não vou fazer mais, eu juro, desta vez juro de verdade, venha para cá, minha pequena, vem.

Eu.
O quê?
Não quero ir para o campo.
Nada disso, agora você se levanta e faz tudo direitinho.
Vamos partir dentro de meia hora.

Afastou-se. Ouvi-o dizer, crianças, tenho uma surpresa, vamos viajar!, e ela andando, as vozes dos filhos sonolentos, aí a da menina que dizia

O que houve, mamãe?

Levantei, tremia, fui até o telefone para chamar a polícia, então percebi que se mexiam depressa, ele gritando vamos lá crianças, o último a chegar paga o pato, quem se aprontar primeiro amanhã vai escolher a torta na confeitaria, e a menina que continuava a perguntar com um fio de voz

O que houve, mamãe?

Sentia-me boba e impotente, ia de um lado para o outro, no quarto, sem saber o que fazer. Dali a dez minutos eles já estavam no patamar, pelo olho mágico vi que ele já estava dando várias voltas na fechadura. Foi aí que tomei a decisão e abri a porta.

Os quatro se viraram ao mesmo tempo, como que pegos em flagrante. Ele sorriu para mim.

Boa-noite, disse cortês, aparentando uma forçada afabilidade.

Ela continuava virada para a porta, vestia um casaco cinzento, seus longos cabelos presos com um elástico. O menino me fitava, a menina mantinha os olhos baixos.

Boa-noite, eu disse também.
Por acaso a acordamos?, ele perguntou, aproximando-se e oferecendo a mão.

Por um momento fiquei paralisada, aí me recobrei e ofereci a minha. Ele apertou-a com excessivo vigor.

O meu nome é Armandi, disse, a senhora deve ser a nova vizinha, não é?
É a nova vizinha?, repetiu o menino.
Desculpe, não queríamos ser tão barulhentos, já passa da meia-noite, sei disto, mas tínhamos convidados para o jantar, uma festinha, e agora decidimos viajar, assim, uma ideia repentina, nada como passar uns dias no campo, não acha? A minha mulher Anna anda meio cansada, lá temos uma bonita lareira, podemos relaxar, a gente bem que merece.

Falava em voz alta, decidido, gesticulando e piscando no fim de cada frase.

Tudo bem com a senhora?, perguntei.

Ele parou de sorrir.

Claro, só que é um tanto desastrada, escorregou.

Ela virou-se para mim. Mantinha o rosto encoberto por uma toalha suja de sangue, suas mãos eram extremamente brancas e magras, o rosto, a metade que eu podia ver, estava pálido e tenso, tinha os olhos úmidos e inchados de pranto.

Se quiser entrar e fazer um curativo, sussurrei. Estou muito bem, respondeu seca. Queira nos desculpar, mas temos de partir. Como o meu marido já disse, é muito tarde.

Pronunciou estas palavras com uma inesperada agressividade na voz, uma espécie de azedume que me surpreendeu deixando-me sem palavras, e o gesto que fez em seguida... Esticou um braço e apertou o marido, lembro muito bem aquele movimento com que defendia o seu homem e o segredo da sua família de uma vizinha importuna, uma estranha que se atrevera a espionar na casa deles.

Muito bem, vamos deixá-la dormir, madame. Senhora? Não entendi o seu nome, ele continuou, mais uma vez sorrindo.

Margarida, o meu nome é Margarida, respondi olhando somente para ela, sem saber o que mais dizer.

Entrou no elevador cruzando o meu olhar.
Mas o dela estava cheio de ressentimento.

11

Eu não tinha sido particularmente seletiva na hora de escolher o apartamento, tinha avaliado vários, pelo menos doze, todos diferentes entre si, alguns muito bonitos, para acabar escolhendo o primeiro e único que Sérgio e eu visitamos juntos. Na escolha dos vizinhos, no entanto, eu bem que fora seletiva, e bota seletiva nisto, ou talvez o destino se tivesse encarregado disto. Lá estavam eles, os fantasmas estavam de volta, conseguira mantê-los longe por muito tempo, e quem não faria o mesmo? Tinha cruzado com eles algumas vezes, naqueles últimos anos, mas sempre conseguira fugir, para que não me machucassem, conseguira tomar distância de todo tipo de sofrimento, trancando portas, levantando barricadas, e por algum tempo a coisa funcionara. Mas agora, pela segunda vez em poucos meses, lá estavam eles, e não me deixavam em paz. De nada adiantava trancá-los lá fora, já sabia disto.

Seis meses antes recebera um telefonema do cemitério da aldeia onde a minha mãe estava sepultada, uma voz de homem dizia senhora, precisamos desenterrar o caixão, transferir a ossada para o ossário, alguém tem que vir aqui, há formalidades, papéis para assinar. E então eu fui para lá, tinha diligentemente pego o trem e depois um ônibus. Depois de muito tempo voltei a ver a aldeia onde minha mãe nascera, e aquela sepultura simples e descuidada que eu nunca visitava, pois quando era pequena não me deixavam, os adultos diziam que não era coisa de criança, nada de cemitérios, era melhor esquecer.

Nos anos seguintes pareceu-me não sentir a necessidade. A própria tia Rita só ia lá raramente, uma vez por ano, no Dia de

Finados, e sempre me informava, como boa cristã, afinal era minha irmã, dizia. O tio Cesare, por sua vez, até pouco antes de morrer ia visitá-la quase todas as semanas, e todos diziam que no túmulo da cunhada sempre havia flores frescas, as do campo de que tanto gostava, e era ele a deixá-las ali, pobrezinho do tio Cesare. Afinal de contas, ele sempre cuidara de tudo. Quem a encontrara fora ele, ele a contar o que havia acontecido à tia e a todos os demais, e a chamar a polícia, avisar os parentes.

Então, madame, vamos tirar os ossos e colocá-los aqui, quanto ao mármore e à foto a sua tia, a senhora Scovenna, já cuidou de tudo, só precisamos que passe no escritório para assinar, não vai demorar.

Naquele dia, após a macabra cerimônia à qual assisti sozinha, pois a tia Rita estava com febre e a prima Irene com dor ciática, alguma coisa que muitos anos antes se quebrara dentro de mim, e cujos cacos de alguma forma eu conseguira juntar, voltou a doer. Era um mal-estar estranho, sub-reptício, sutil mas inexorável, daqueles que se insinuam pouco a pouco no cérebro, uma espécie de câncer que no começo não tem qualquer sintoma e que aí, de repente, implode dentro do corpo e da cabeça, e você nem sabe o que está acontecendo, até acordar deitada no leito de um hospital, com alguém que pergunta, qual é seu nome, madame?, faça um esforço, procure se lembrar, onde é que a senhora mora?

E agora, mais uma vez, o passado batia novamente à minha porta, e eu tinha de prestar contas.

Naquela noite não consegui dormir, impossível, como muitas outras vezes lutei contra o cansaço, e quando exausta me rendi ao sono revi a minha mãe, e ouvi de novo aquela voz, aquelas palavras,

Não, eu lhe peço, por favor, não.

12

Levei dois dias para me recuperar. Embora fizesse o possível para distrair-me, não conseguia deixar de pensar naquela noite, nos baques que ouvira, nos gemidos, na toalha sangrenta, na fuga. Não tinha comentado com ninguém. Se falasse com Sérgio, perderia um tempo precioso, e talvez ele nem chegasse a entender, lá onde se encontrava, naquele lugar tão diferente e longínquo, onde as pessoas morriam o tempo todo nas ruas. Se tocasse no assunto com a prima Irene, iria certamente provocar um inútil alvoroço. E afinal, que diabo eu sabia daquela gente? Talvez fosse apenas um casal em crise, e o que ouvira era muito menos grave do que me parecera, a imaginação noturna é sempre aterradora, tende a dilatar e amplificar qualquer barulho. Talvez ela o tivesse traído, ou humilhado na frente dos amigos, e ele reagira daquela forma descontrolada.

Em resumo, estava procurando desculpas, aceitava qualquer hipótese, tentava defender-me, queria de qualquer jeito enquadrar o que acontecera dentro dos limites de uma normalidade aceitável. Mas não era fácil. Continuava a dizer para mim mesma que um homem agredira uma mulher, a obrigara a sair de casa com uma toalha no rosto para esconder os ferimentos e se prontificara a explicar que aquilo era só um acidente.

Mas eu tinha ouvido tudo.

Ainda que ela se tivesse mostrado muito decidida, não podia esquecer aqueles seus olhos enfurecidos. Nenhum pedido de ajuda, nenhuma tentativa para deixar-me entender o seu problema, nada de nada. Muito pelo contrário, aliás, saia da minha frente e cuide da sua vida, ela me dissera com aquele olhar, você não tem nada a ver com isto.

E, de fato, era a pura verdade. Eu nada tinha a ver com aquilo, continuava a dizer para mim mesma, ainda mais agora que no apartamento voltara o silêncio, com eles longe. Talvez voltassem lá pelo fim da semana, e na seguinte Sérgio também estaria de volta, e possivelmente eu seguiria com ele para Nova York. A minha vida já era bastante complicada, não era certamente a hora de juntar aos meus os problemas dos outros. De desconhecidos, além do mais.

Na sexta-feira, a casa já estava quase arrumada, a não ser por alguns quadros que ainda não pendurara e por uns caixotes que não tinha tido vontade de abrir. Só uns dois ou três, sabia o que havia neles, velharias, fotos e lembranças que sem a menor cerimônia empurrei para o fundo de um cubículo. O escritório de Sérgio já estava pronto, a velha escrivaninha, o computador, os livros nas prateleiras, as estantes, a mesa de trabalho e o quartinho ao lado que se tornaria a sua câmara escura. Agora podia finalmente dedicar-me a mim mesma.

A saleta que escolhera para mim era menor que a de Sérgio, mas já bastava. Não era sequer o aposento mais luminoso. Um espigão em frente não deixava a luz do sol chegar antes do meio-dia, e às duas horas da tarde já sumia. Mas aquele cantinho gostoso me agradava.

A prima Irene, obviamente, não tinha concordado com a minha escolha.

> Por que diabo precisa de uma sala ampla e luminosa se está sempre viajando pelo mundo? Veja bem, só quero que me explique, pois francamente não faz sentido.
> Não preciso de muito espaço para escrever.
> E ele precisa, então, se nunca está por perto?
> Prefiro esta aqui. Tem um janelão e uma simpática sacada. Vamos mudar de assunto?
> É o cômodo mais frio de toda a casa, quase não bate sol.
> Ou será que foi por isto mesmo que você escolheu?
> Prefiro não falar nisto.

Só espero que continue tomando as suas pílulas.
Sim, já lhe disse, tomo toda noite.
Sempre faz o que lhe dá na veneta, não tem jeito.
Pare com isso, é perfeito para mim.
Claro, assim poderá passar o dia inteiro olhando para a gordona em frente que fica o tempo todo entre copa e cozinha.
Bom, é melhor eu ir embora, as meninas estão esperando por mim.

Só então a vi.

Tinha preparado com cuidado o meu ninho, a escrivaninha diante da janela, as estantes com os livros para mim mais preciosos, a poltrona de couro, lâmpadas, bibelôs, fotos, uma planta, cada coisa no seu devido lugar. Mas nunca tinha olhado pela janela, nem uma vez, até o momento em que a prima Irene disse aquela frase.

Bem em frente, a uns poucos metros de distância, uma mulher enorme, gorda e alta, passava pilhas de roupas enxugando o suor com um pano, apesar de estarmos em pleno inverno e de ela manter abertas as duas janelas que davam para o morro. Usava um amplo vestido cor de areia, acho que de algodão, com uma gola redonda e um colarinho que me lembrava os severos aventais escolares de velhas fotografias. O cabelo, loiro e encaracolado, estava preso atrás do cangote por uma grande presilha roxa em forma de borboleta. De vez em quando parava para dar uma olhada no fogão, reparei que andava coxeando de leve, talvez por causa do seu peso, devia estar com as pernas doloridas. Destampava os panelões que fumegavam em cima do fogo e remexia com uma colher, depois os tampava de novo e voltava bamboleando para a tábua de passar, os olhos virados para uma pequena televisão ligada. Passava a roupa e aí parava para abanar-se com a mão, batendo no peito de um jeito curioso, como se lhe faltasse o ar. Massageava as volumosas coxas, tirava os chinelos e ficava por uns momentos descalça. Aí recomeçava a passar.

Poderia pelo menos levar-me à porta.

A voz da prima Irene e um dos seus arrotos trouxeram-me de volta à realidade.

E também poderia tomar uma atitude e sair, ora essa.

Farei isso, resmunguei, eu prometo. Só mais alguns dias e recomeçarei a viver.

Não sei de onde tirei aquela frase, mas foi isto mesmo que eu disse, e a prima Irene olhou para mim séria e inquisitiva, enquanto eu baixava os olhos como uma garotinha.

Viver normalmente, apressei-me a dizer.
Pode ser, ela comentou perplexa.

Pode ser, disse de novo, depois pegou a bolsa, o casaco, sacudiu-o com força se queixando da maldita poeira que sujava tudo, e saiu.
 Fechei a porta, voltei à minha saleta de trabalho, apaguei a luz e, na penumbra, sentada na poltrona, comecei a observar aquele estranho ser humano que se parecia com uma mulher e continuava a passar e a dobrar camisas, lençóis, lenços e cuecas. Pensei comigo mesmo que não era lá muito sensato passar as cuecas, eu nunca passava. Por outro lado, preciso dizer que odeio passar roupa, só faço quando não tem mais jeito. Não compro camisas para mim justamente por isto, e Sérgio jamais pretendeu que passasse as dele.
 A mulher gorda repetia sempre os mesmos gestos, parava, enxugava o suor com o pano, prendia com a presilha em forma de borboleta os cabelos que lhe caíam em cima dos ombros, aproximava-se das panelas com as mãos na cintura, remexia, voltava à pilha de roupas.
 Fiquei olhando por quase três horas.
 E por quase três horas, ela não fez outra coisa.

13

Aconteceu sexta-feira à noite. Estava mexendo no meu computador, ligando os cabos do modem com a ajuda de um rapazola esperto que se chamava Sebastiano, mas pode chamar-me de Seba, dissera soprando os cabelos que lhe cobriam os olhos e parte das espinhas. Não saberia dizer qual, mas o seu rosto e a maneira de mover-se aos pulos faziam-me lembrar de algum animal silvestre.

Tinha vindo instalar um antivírus e uma porção de coisas de que eu nunca tinha ouvido falar, sabe lá se acabariam realmente adiantando, e eu me prontificara a ajudar embora ele se saísse muito bem sozinho. Pulava com destreza de um programa para o outro e me explicava, ou pelo menos tentava explicar, o que estava fazendo.

Fora mandado por Antônio, era o filho de uma irmã dele, tão jovem e já um pequeno gênio da informática. Sentada em silêncio ao seu lado, olhava para ele cheia de admiração, quase entregue a uma estranha forma de submissão. Depois de um tempo, reparei que murmurava consigo mesmo, como se tivesse entrado numa dimensão autística onde a minha presença era perfeitamente dispensável. Enquanto prosseguia concentrado em seu trabalho, ouvi a campainha tocar, primeiro de leve, tanto assim que pensei ter imaginado, em seguida com mais decisão, e também batidas à porta.

Desculpe, vou ver quem é, disse, e deixei Sebastiano diante do monitor. Nem reparou que eu estava saindo.

Pensei que fosse Antônio, tinha dito que passaria para buscar o sobrinho e dar-lhe uma carona, mas quando abri fiquei surpresa, nem cheguei a falar, só fiquei olhando.

Usava grandes óculos escuros e um longo cachecol, também escuro, que lhe cobria metade do rosto, mas a marca roxa no rosto ainda era bem visível.

Houve um momento de silêncio, grávido de pudor e embaraço, aí eu falei, entre por favor, fique à vontade, não precisa ficar aqui, e ela disse não, obrigada, estou com pressa, só queria pedir desculpas pela outra noite, fui meio grosseira enquanto a senhora foi muito gentil. Estava nervosa devido àquele acidente idiota, e meu marido estava abatido, o coitado, trabalha o dia todo, sob pressão, sabe como é, vive estressado, mas sempre procura me contentar, faz o possível para eu descansar. Então fomos para o campo, mas já voltamos, ele terá de trabalhar durante o fim de semana e então, resumindo, muito obrigada pelo seu interesse, mas não precisava.

Não precisava.

Acrescentara a frase depressa, depois de uma pequena pausa.

Eu olhava para ela e o coração batia com força no meu peito, queria segurá-la, esticar a mão, embora não me atrevesse. Tinha medo, receava que ao mais leve toque ela fosse sair correndo, ou então se esfarelasse aos meus pés como uma estátua de areia.

Se precisar de alguma coisa, murmurei, pode contar comigo.

Foi a única coisa que consegui dizer.

De repente a porta do elevador se abriu e uma mulher de cabelos brancos e olhos azuis apareceu, mas não se aproximou.

Anna, disse a mulher com uma ponta de repreensão na voz, já faz dez minutos que espero por você lá em baixo.
Minha mãe, sussurrou Anna, e aí, virando-se para ela, acrescentou, a senhora é uma nova vizinha nossa.
Muito prazer, Margarida Malinverni.

A mulher de cabelos brancos e olhos azuis olhou para mim acenando com a cabeça, só de leve, mal chegou a levantá-la e baixá-la, sem dizer uma palavra. Aí fitou a filha, vamos, Anna, disse, já está ficando tarde. Eu as vi desaparecer no elevador, só pude ouvir a mais velha murmurando até logo e obrigada, madame. Anna acompanhou-a em silêncio.

Quando voltei ao escritório, Seba ainda estava lá, com o auricular do iPod no ouvido, mexendo a cabeça no ritmo da música. Continuava a falar sozinho, como se eu nunca tivesse saído dali.

14

Antônio chegou lá pelas sete da noite para buscar o talentoso sobrinho com cara de furão, pois é, era justamente este o animal que ele lembrava, e levá-lo para casa.

Podemos ir, Sebastiano?, disse sem entrar, mas teve de chamar o sobrinho umas duas ou três vezes, levantando a voz, para que o jovem reparasse na sua presença.

Um verdadeiro gênio, falei, para quebrar o gelo.
Então, como está se sentindo?, ele perguntou, ignorando o meu comentário.
Tudo bem, obrigada.
É o que parece. Está bonita.

Fiquei calada, talvez tenha corado como uma adolescente, aquele inesperado elogio pegara-me de surpresa.

Tem falado com Sérgio?, quis saber.
Tenho, sim, todos os dias.
Quando é que vai voltar?
Não vai demorar. Pelo menos acho.
Se precisar de alguma coisa, pode contar comigo.

A frase me surpreendeu, a maneira de ele falar. Afinal de contas, não éramos grandes amigos, nunca houvera momentos de particular familiaridade entre nós, nem mesmo ocasiões para uma verdadeira conversa.

Antônio havia sido colega de turma de Sérgio, talvez a única amizade sobrevivente naquela sua frenética vida feita de telefonemas, viagens, muitos encontros, mas nenhum que incluísse os antigos amigos. A não ser Antônio. Sim, é verdade que era quase sempre ele a procurá-lo, mas Sérgio não fugia, ficava feliz com a presença daquela única testemunha da sua juventude, dos tempos da faculdade, do engajamento político, e tentava não perder o amigo ligando para ele toda vez que voltava para casa, ou encontrando-o de vez em quando para jantar. Embora fossem muito diferentes, parecia que nada pudesse atrapalhar este relacionamento, nem o tempo nem os distintos caminhos que tinham tomado.

Obrigada. Se precisar, chamarei.

Gostaria muito.

Sebastiano nos interrompeu. Então, tio, podemos ir?, agradeci e paguei o preço combinado. Ele, cheio de si e satisfeito, com as notas nas mãos, cumprimentou-me sem prestar muita atenção, dizendo, se precisar, é só dar um toque.

Se precisar.

A mesma frase que eu dissera à vizinha e que Antônio dissera a mim.

Apoiei-me na janela, logo a seguir ouvi o barulho do portão que se fechava e acompanhei com o olhar Antônio, que se afastava com o sobrinho, mantendo o braço em cima dos seus ombros. Antes que desaparecesse no fim da rua, tive a impressão de vê-lo virar a cabeça por um momento e eu, instintivamente, sei lá por que, recuei e me afastei do vidro. Quando me aproximei de novo, haviam sumido.

Reparei, no entanto, em quatro vultos que estavam subindo pela rua. Primeiro eu a vi, a minha vizinha. Caminhava devagar, ao lado do marido, em silêncio, cabisbaixa. Logo a seguir reconheci a mãe, a mulher de cabelo grisalho, que falava animadamente com um homem alto e loiro, vestido de preto, que anuía.

Quando chegaram ao portão, pude vê-los melhor.

Era um padre.

15

Pela primeira vez, depois de muito tempo, experimentei algo parecido com entusiasmo quando Ângela me ligou dizendo que queria conhecer a nova casa e almoçar comigo. Ela me ligou, e foi um verdadeiro milagre, cerca de vinte minutos depois da prima Irene, que queria informar da impossibilidade de ver-me naquele fim de semana, pois tinha de participar de um seminário do doutor Babata.

Para onde vai desta vez, perguntei, para ficar imediatamente arrependida.
Não finja interesse. Sei muito bem o que pensa dele.
Só queria saber, apenas isto.
Vamos passar dois dias mergulhados na natureza. Tiraremos a energia diretamente das raízes das árvores.
Acho uma ótima ideia.
Esse sarcasmo não faz o seu estilo.
Pare de achar que estou implicando. Juro, você está errada, não é nada disso.

Não era minha intenção ser irônica ou dar-lhe umas alfinetadas, mas não conseguia evitar, e de qualquer maneira, quanto tocava neste assunto com a prima Irene, ou em qualquer outro, sempre tinha a impressão de estar pisando em ovos. Impossível não quebrar alguns, mais cedo ou mais tarde.

Seria bom, isto sim, você vir com a gente.

Não, muito obrigada.

Somos umas vinte pessoas, todas interessantes.

Eu me metera num campo minado, sabia muito bem disto. Já fazia um bom tempo, afinal, que o pavio entre mim e a prima Irene não pegava fogo. Talvez fosse pela minha internação, ou sabe lá por qual outro motivo, mas acontece que o nosso relacionamento vinha se mantendo dentro dos limites de uma pacata tolerância, ou melhor, de uma trégua forçada, de silêncios e de coisas não ditas, que, no entanto, se acumulavam perigosamente.

Talvez na próxima oportunidade.

Pior para você. Conheço os seus preconceitos. Mas fique sabendo que será uma experiência única.

Tentou abafar um dos seus arrotos.

Não duvido.

Despir-se de todo pensamento, deixar-se levar pela energia da terra: um verdadeiro descobrimento.

Fico contente em saber.

Você é apenas desconfiada.

É verdade, desconfio mesmo daquele sujeito.

É formado, aquele sujeito.

Formado? Formado em quê?

O meu tom estava mudando.

Faz diferença? É um homem devotado e pio.

Só tem um diploma de agrimensor.

Fez de conta que não era com ela.

Saiba que um padre também nos acompanhará. Vai celebrar a missa no topo da montanha. Por falar nisto, até que seria bom você ir à missa, de vez em quando.

Por que, perguntei, o doutor Babata receia que eu tenha sido possuída?

Não consegui segurar a frase, foi mais forte do que eu.

Não quer entender mesmo, não é verdade? Quem acha que você é, sua pobre infeliz?

E o arroto foi sonoro, desta vez.

Acho apenas que o sujeito só está a fim do seu bom dinheirinho.

Não diga bobagem.

Então me diga, quanto pagou para ele lhe dizer que é uma descendente de Lucrécia Bórgia?

Você também é, como minha prima. E a coisa não me surpreende, levando em conta a quantidade de veneno que cospe contra ele.

Quase parece ignorar que está sendo investigado, o mago da tevê que fraudava as pessoas, e gostaria de saber quanto está pedindo desta vez, para levá-los a fazer uma coisa nem um pouco original como abraçar uma árvore.

Isto não interessa. (Arroto.) Você é patética e ingênua. Nunca irá entender a grandeza daquele homem. Só que é um personagem incômodo, mas não se esqueça de que muitos dos seus seguidores são políticos, dos bons, dos que mandam, para sua informação.

Eles também investigados?

Parabéns pela garra. O que houve? (Arroto.) A depressão sumiu de repente? Sabe o que diz o doutor Babata?

Não, mas posso imaginar.

Diz que eu deveria ficar longe de você, que você absorve a minha energia para seu uso pessoal, que suga a minha alma. É isto que ele diz. (Arroto.)

Por favor, Irene, não estou interessada naquilo que ele diz. Estou pedindo desculpas. Vamos mudar de assunto.

Mas era tarde demais.

Você não passa de uma arrogante presunçosa, insurgiu a prima, uma pobre coitada que nunca fez nada de bom na vida. Não teve filhos, não é nem mãe nem esposa, e tampouco é uma mulher de sucesso. Vive sozinha como um cachorro sem dono, e o seu homem faz o possível para ficar longe. A única coisa que sabe fazer é escrever aqueles livros absurdos com personagens sempre no limite, nas entrelinhas, como se o mundo inteiro fosse instável e desequilibrado. Mas, na verdade, quem não sabe viver no mundo é você, que está sempre no limiar do desajustamento social, que mal consegue, no máximo, sobreviver. Porque você não vive, sabe disto, não sabe? Há dois meses estava num hospital, no setor dos doidos, está lembrada? Esconda-se nos seus livros. A animá-la, nesta altura, só existe essa parva celebridade que você acredita merecer, sua pequena narcisista asquerosa.

Um arroto, aí silêncio, interrompido por uma espécie de grunhido final.

O doutor Babata diz que você é a minha cruz.

Não neste fim de semana, pelo menos, disso pode ter certeza.

Desligou na minha cara. Eu estava sentada na beira do sofá e, sem dar-me conta, tinha começado a chorar, nem sabia ao certo por qual motivo. A prima Irene tinha o poder de ferir-me, e toda a raiva que vomitara em mim deixara-me, como de costume, triste e tão furiosa quanto ela. Dali a alguns dias ligaria de novo, falando de coisas inúteis e vagas, como se nada tivesse acontecido, e me perdoaria. Então voltariam os tempos de paz, com as costumeiras repreensões afetuosas.

Foi aí que me lembrei, sei lá por que, das longínquas tardes de quarta-feira de muitos anos antes, quando todos nos reuníamos à mesa à espera de dom Ernesto. Nunca mais pensara naqueles jantares e naquela época, mas a mudança para a nova casa, os acontecimentos dos últimos dias e o sofrimento daqueles meses tinham despertado uma criatura que se escondia em algum canto escuro e que eu tentava manter sob controle. Pois os seres humanos são frágeis, como estamos cansados de saber, têm medo de encarar a dor, de prestar contas ao passado, e normalmente evitam fazê-lo. A não ser quando é o próprio passado que bate à porta.

Acabei, portanto, remexendo nas lembranças, nos jantares que a tia Rita tão cuidadosamente preparava para o padre, um homem grandalhão de bochechas gorduchas, cheias de veiazinhas vermelhas que pareciam pintadas. Vinha das montanhas, ele, não era das planícies, e mal suportava a umidade do Ticino, os longos invernos, a natureza hostil daquelas bandas, os mosquitos, a neblina, o calor abafado do verão e tudo mais, ainda que já morasse por lá houvesse muito tempo. Chegara a Pavia quando era moço, e agora estava na casa dos sessenta, e mal conseguia arrastar a barriga proeminente.

Nunca deixava de ficar comovido, dom Ernesto, quando nos contava da sua aldeia, um lugarzinho perto de Bolzano, chamado justamente Soprabolzano, mas ele, com seu sotaque alemão, dizia *Oberbozen*, e sempre repetia que um lugar mais bonito ele nunca vira, que era o lugar mais lindo do mundo. E eu perguntava a mim mesma de que mundo estava falando, uma vez que nunca mais saíra de Pavia, a não ser uma vez que fora visitar, em Milão, uma velha e rica paroquiana que para lá se mudara. Na estação, no entanto, roubaram a sua mala, o casaco e a carteira com todos os documentos, que ingenuamente confiara a um desconhecido no banheiro público para poder mijar mais à vontade. Menos de meia hora depois, dois guardas acompanharam-no em prantos ao primeiro trem para Pavia, e ali ficara. Nem queria ouvir falar em romarias, eu fico em casa, dizia, e mandava algum outro padre mais jovem. Tampouco voltara à sua aldeia, achava a viagem longa e perigosa demais.

Vez por outra, durante o jantar, assumindo aquele seu ar saudoso, soltava umas duas ou três frases em alemão, e então ria com vontade, *crande língua, meninas, focês deferiam aprender*, mas acho que no fundo nem ele se lembrava direito.

Dom Ernesto era o pároco, mas também o guia espiritual da família Scovenna e de todas as demais das cercanias que lhe confiavam seus problemas. Portanto, uma vez por semana, ou no máximo a cada quinze dias, conforme seus compromissos, aparecia para jantar, traçava duas ou três porções continuando a dizer obrigado, obrigado, já chega, afinal não como tanto assim, mas o prato ficava vazio num piscar de olhos e lá ia ele se servindo de novo. Quando acabava, dava umas palmadinhas na barriga, esvaziava o copo de vinho e estava pronto a distribuir suas pérolas de sabedoria.

E desde que a minha mãe morrera *daquele jeito*, como todos murmuravam baixinho, a família Scovenna tinha uma terrível necessidade dos seus conselhos e da sua paternal orientação, ainda mais depois que eu chegara, *pobre criatura*, como todos diziam.

Quarta-feira à noite, portanto, dom Ernesto sentava à nossa mesa e sempre comia as mesmas coisas, ravióli de carne e costeletas de porco com feijão branco, que a tia preparava muito bem.

Eu sabia que às segundas jantava com os Maggi e comia carne de rã, ia para lá por causa da filha do velho Maggi que todos diziam ser louca, enquanto às terças os Cassinelli lhe serviam galinha recheada e fritada de vertis, tinham o filho viciado em heroína, os coitados, e às quintas visitava os Rovati, com arenque defumado e bolo de pão, pois os Rovati não iam lá muito bem de finanças, com aquele tio que colecionava fraudes e dívidas de jogo sem parar.

Às sextas-feiras, por sua vez, dom Ernesto ia ver os Garofalos, mas só chegava depois de jantar sozinho, com a desculpa do jejum semanal, e só tomava um café, mas dizia a todos, sabe como é, é gente do sul aquela, a comida deles não é grande coisa, mas são paroquianos e é meu dever visitá-los.

Obviamente, ia vê-los porque os coitados tinham alguma dificuldade de entrosamento na comunidade.

Naquela noite dom Ernesto já tinha comido duas porções de ravióli, e sei lá quantas de costeletas, e depois de uma garrafa de vinho disse:

Bom, estava tudo ótimo, mas agora acho melhor parar.
Mais um pouco de torta, reverendo, perguntou a tia.
Obrigado, obrigado, não *deferia*, mas seria uma injustiça ofendê-la com uma recusa, minha cara.
Aí, com a boca cheia de migalhas que cuspia para todo lado, acrescentou:
Estou errado ou esta menina está crescendo a olhos vistos?
Pois é, mas está sempre tão sozinha, dom Ernesto. O senhor acha que terá algum problema?
Fique tranquila, Rita. Deus ama as pessoas solitárias. A alma dela ficará mais aberta à meditação e à reza.
Virou para mim, fitando-me com atenção.
Quem sabe, talvez se torne uma boa freira, talvez uma santa.

Naquela noite compreendi que tinha de arrumar urgentemente uma amiga da minha idade.
E arrumei.
Era Ângela Garofalo.

16

Ângela e eu tornamo-nos amigas por necessidade, como às vezes acontece. Eu era a *pobre criatura*, a que ficava sozinha num canto, a que não tinha amigos, que não falava nem conseguia se entrosar com ninguém, além do mais porque todos mantinham uma prudente distância de segurança. E também havia aquele destino que parecia estar à minha espera, que para mim se tornara ameaçador: principalmente depois daquele jantar, a tia Rita e a sua amiga Gina tinham começado a olhar para mim com um estranho sorriso, e de pobre criatura eu passara a ser a *santa criatura*. Ângela, por sua vez, que justamente tinha o sobrenome de Garofalo, era a filha do pessoal do Sul, os *terun*.

Os seus vinham do coração da Campânia, de um lugarzinho do qual ninguém ouvira falar, e falavam de um jeito diferente, não dá para entendê-los, esses caras, dizia a tia Rita. O pai trabalhava como operário e a mãe cuidava de gente idosa. Eram boas pessoas, trabalhadoras, todos comentavam pasmos, pois é sabido que os *terun* não são muito dados a trabalhar, mas eram olhados com desconfiança, aqueles dois que não faziam outra coisa a não ser botar filhos no mundo, boa gente e trabalhadores quanto você quiser, mas é melhor que fiquem na terrinha deles.

Ângela e eu formamos uma verdadeira fraternidade. Éramos diferentes, mas isto despertava a nossa curiosidade e, em vez de nos afastar, só nos aproximava. Levou algum tempo, é claro, mas chegou a hora que, aos olhos de todos, nos tornamos duas jovenzinhas como tantas outras. O tempo é um ótimo aliado, as pessoas esquecem, e quando finalmente os nossos coetâneos abriram uma brecha, nós entramos juntas, triunfantes.

* * *

O seu telefonema, depois do da Irene, foi uma bênção. Fui esperar por ela na estação. Era o primeiro dia que saía de casa, e talvez, se não fosse por ela, iria demorar muito mais. Mas naquela manhã de sábado o sol brilhava, o céu estava claro e o ar tépido, embora ainda estivéssemos no inverno. Mas Gênova é assim mesmo, não se cansa de surpreender mesmo no coração do inverno, e eu me sentia cheia de gratidão por esta cidade que me acolhera e que agora sentia minha. Abraçamo-nos com força, Ângela e eu, já não nos víamos havia dois meses, mais ou menos desde o dia da minha internação. Perambulamos pelo centro histórico, atraídas por esta ou aquela vitrine, caminhamos pela rua Prè. Percorrendo-a da estação para o centro, num dia bonito, nas primeiras horas da manhã, você fica com o sol bem na cara, e a rua está cheia de gente, de vozes e cores, quase parece uma festa. As mulheres nigerianas alegram a viela com seus trajes típicos, sentadas em suas bancas onde vendem coisinhas de nada, amiúde inúteis, por um euro, algumas também vendem henê para o cabelo por um bom preço. E também há os ambulantes, e os rapazes e as moças da universidade que fica perto, e as lojas cheirosas e convidativas, algum velho marroquino parado no sol, conversando, mundos distintos comprimidos naqueles tradicionais becos genoveses. Experimentamos uns doces mexicanos, tomamos um café árabe, entramos numa livraria e saímos carregadas de livros e de conversas com o livreiro, tomamos mais um café ao ar livre, e também nos demoramos almoçando na rua, paparicadas pelo sol. Ângela contou dos seus filhos, do trabalho na universidade, dos planos de viagem com o marido Giovanni. Estava serena, e a sua alegria de viver, a que desde sempre a abençoara dando-lhe força, contagiou-me agradavelmente, e me surpreendi a rir e a falar com ela dos velhos tempos, como havia muito não fazia.

Também falamos de dom Ernesto, do medo que havia suscitado em mim depois daquele jantar, e rimos daquela vez em que eu, criando coragem e com o apoio da nova amiga, voltei decidida a enfrentá-lo.

Lá estava ele, tranquilo e satisfeito, na varanda da sua casa, comendo pão e uma variedade de enlatados espalhados num grande prato, na mesinha ao lado, e eu quase o agredi, dizendo que não, que não tinha a menor intenção de ser freira, e muito menos santa, que era bom eles todos tirarem isto da cabeça, e ele olhou para mim surpreso, como se eu fosse louca, e aí, com ar atônito e uma fatia de mortadela pendurada nos lábios, resmungou alguma coisa como, mas quem lhe disse que tem de tornar-se freira, sua *carrotinha* boba?

Lá pelas três da tarde fomos para casa. Ela entrou, deu uma volta pelos aposentos e disse, bonito lugar, é a sua cara, dá para ver pelo jeito da decoração, gostei. Sabia que era sincera. Ângela era como um livro aberto, dava para ler tudo em seus olhos, conhecia-a muito bem. E ela me conhecia.

Alguma coisa errada, Margarida?

Perguntou-me de repente, eu fiquei calada, olhando para ela.

Conte-me tudo, disse.

Sentamos e lhe contei da mudança, de Sérgio, de como me sentia sozinha naquela nossa história, embora soubesse que, de alguma forma, ele me amava, do jeito que sabia, do jeito que podia. Falei da proposta de irmos juntos a Nova York, e que naquele momento não estava a fim de viajar, que talvez recusasse para depois ficar cheia de complexos de culpa. Disse que não conseguia mais escrever desde que recebera alta no hospital, e que ficava adiando, procurando sempre novas desculpas. Mentia a mim mesma, sabia disto, também estava evitando outras tarefas, tudo tornara-se para mim difícil e cansativo.

Depois contei da minha vizinha. Daquela noite, dos ruídos, dos prantos, dos lamentos do outro lado da parede. Também falei da mulher gorda e apontei para ela, pela janela. Naquela altura estava cozinhando.

Perguntou se tinha conhecido mais alguém no prédio. Respondi que não.

Ângela sorriu, tranquilizou-me.

Não estou mais preocupada com você, agora. Já fiquei preocupada antes, antes de você ser internada. Mas não agora.

Ficou calada, afagou-me e ficamos em silêncio.

Tive vontade de perguntar por que já não estava preocupada comigo, todos estavam, depois da internação.

Mas não perguntei.

O olhar dela me disse que eu entenderia, mais tarde.

17

Transcorridos alguns dias, tentei sentar diante do computador. Fiquei ali por pelo menos meia hora, reli no monitor o que tinha escrito, e passou-se mais meia hora. Sentia-me nervosa, tinha dor de cabeça.

Sérgio me ligara no meio da noite.

Está me ouvindo, Margarida?

Estou, eu respondera com a voz cheia de sono, sem saber se estava sonhando.

Não posso partir daqui a dois dias, vou ficar pelo menos mais uma semana, talvez duas ou três, ainda não sei ao certo.

Como é que é? O que disse?

Vou me demorar.

Onde está?

Em Kandahar. Vou cuidar de um documentário. É uma coisa importante, só foi decidida ontem à noite, já assinei contrato para fazer o trabalho. Também tive de adiar todo o outro negócio de Nova York.

Não vamos mais?

Não sabia se devia sentir-me aliviada ou zangada.

Claro que vamos. A viagem só está adiada, pelo menos acho.

Para quando?

Não sei. Desculpe. Vou tentar ligar amanhã.

Amanhã.

E você? Tudo bem aí?

Estava dormindo.

Sinto muito, desculpe. A gente se fala, está bem?
'Tá.
Volte a dormir. E lembranças a todos.
Tive vontade de perguntar, todos quem?, mas não deu tempo.

Levantei-me, desenhei um círculo no mapa, em volta do nome Kandahar, anotando mais uma data. Já havia mais sete no mesmo lugar. Como se faz com os pesadelos, afugentei o pensamento daquele telefonema e olhei pela janela. A mulher gorda estava na área que dava para o morro, pendurando no varal onze camisas listradas de branco e amarelo, as do time de futebol de um dos seus filhos, imaginei. Tinha três, a mulher gorda, todos homens, dois adolescentes e o outro com uns vinte e cinco anos, e também havia o marido, um homenzarrão, mas não tão volumoso quanto ela. Eu ficara espiando à noite. Entravam na cozinha, sentavam à mesa posta e ela, toda vez, fechava as persianas como se quisesse proteger aquele momento de intimidade. Depois de um tempo, voltava a abri-las, filhos e marido haviam sumido. Escancarava tudo, até as janelas, e começava a lavar os pratos, a limpar, a ajeitar as coisas, a esfregar, a passar roupa até altas horas. Como sempre.

Levantei-me da escrivaninha, abri a janela e debrucei-me, tossindo de leve para chamar a sua atenção. Mas ela não me ouviu nem me viu, ou talvez simplesmente não quisesse. Voltou para dentro e começou a remexer em vidros de compotas e conservas dos mais variados tamanhos, com calma, com paciência, com cansada apatia. Fiquei mais um tempinho olhando para ela, aí voltei a sentar diante do monitor. Escrevi umas poucas frases e as apaguei.

Desliguei tudo, peguei a bolsa, o casaco e saí.

18

O supermercado ficava a dez minutos da minha casa. Fui até lá andando devagar e olhando em volta. Vi muitas mulheres com crianças no colo ou no carrinho, mulheres que estavam na fila do correio, mulheres de todas as idades e raças, só havia mulheres nas ruas e nas lojas, e acabei perguntando a mim mesma que fim tinham levado os homens, teriam todos ido à guerra? Ou a tirar fotos dela, como o meu?

Os bancos e as prateleiras estavam cheios de ofertas tentadoras, três pelo preço de dois, pague um e leve quatro, desconto de vinte, trinta por cento, e assim por diante. Eu circulava devagar, empurrando o carrinho, observando as muitas mulheres hesitantes que pegavam os produtos, verificavam a data de validade, o preço, o peso, às vezes os colocavam de volta com uma careta desconfiada. Uma delas, uma mulher alta e esguia com o rosto emoldurado por uma permanente malfeita, queixava-se dos preços em voz alta. Reconhecia-a, era uma moradora do meu prédio. Cruzara com ela fora do elevador, na entrada, junto com a filha, que por sua vez parecia uma vedete, peitos vistosos e empinados, unhas longas e esmaltadas, saia justa no corpo esculpido.

Fiz minhas compras, imitando aquela correta avaliação das coisas. Não tinha muito dinheiro, naqueles últimos tempos, a conta no banco só diminuía. Sérgio já estava longe havia muito tempo, e todas as despesas recaíam em cima de mim. Com as minhas parcas economias, as contas a pagar começavam a deixar-me preocupada. Assim como me preocupava a precariedade da minha vida, muito parecida, por outro lado, com a de muitas outras pessoas.

Peguei algumas coisas, deixei outras para depois, poderia comprá-las qualquer outro dia. Afinal, nesta altura eu era e me sentia uma dona de casa em horário integral. Cuidava das tarefas domésticas, limpava os vidros, arrumava a casa seguindo os inevitáveis conselhos da prima Irene, dava os últimos retoques na decoração.

Quanto a escrever e trabalhar, nem pensar. Um mês antes tinha recusado dois trabalhos, embora o dinheiro viesse a calhar, e continuava adiando outro, enquanto o livro estancava num ponto morto.

Cheguei a uma das várias caixas, observei o torso da moça de cabelos ruivos que fazia passar os produtos diante do leitor do código de barras, o rosto inexpressivo, de fisionomia triste. Nunca levantava a cabeça, só repetia os mesmos gestos mecânicos. Paguei, guardei o troco, cumprimentei aquela entidade abstrata que, obviamente, não respondeu, já atarefada com a conta seguinte.

Deixei o carrinho, encaixando-o nos outros, peguei as sacolas, virei a cabeça e a vi.

A mulher gorda empurrava o seu carrinho, apinhado de coisas, garrafas, latas, comida de todo tipo, e até uma vassoura. Fiquei imaginando como poderia levar aquele montão de compras para casa, de quantas sacolas iria precisar, parecia-me uma tarefa impossível. Tive vontade de aproximar-me, de perguntar se precisava de ajuda.

Uma voz afastou-me dos meus propósitos.

Olá.

Reconheci a mulher que tinha encontrado na padaria, no domingo da mudança, a que a dona da loja chamara de professora.

Não precisa se preocupar, ela é forte como um touro. Já foi campeã de saltos ornamentais, time olímpico, mais ou menos vinte e cinco anos atrás.

É mesmo?

Ermínia Bassi, duas medalhas de ouro e uma de bronze, pelo que me lembro.
Não seria melhor ajudá-la?
Ela recusaria. Não fala com ninguém.
A senhora acha?
Então tente, veja por si só.

Titubeando, deixei as minhas compras no chão e me aproximei da mulher gorda, que já tinha enchido cinco sacolas e enfiado a vassoura embaixo do braço.

Olá, queira desculpar, mas somos vizinhas... Precisa de ajuda?, perguntei.

Foi como se não tivesse falado. Não ouviu, tenho quase certeza disto, passou na minha frente e saiu do supermercado com passo decididamente rápido, levando-se em conta o peso que carregava. Voltei às minhas sacolas. A mulher me aguardava com um sorriso consolador.

Não ligue. Ela é assim mesmo.

Fiquei em silêncio, com uma vaga sensação de aflição. Ela percebeu e mudou de assunto.

Moro no mesmo andar da senhora, a porta em frente.
Não me diga.
Já nos encontramos, na padaria da minha amiga.
Eu me lembro.
Nem sempre é tão ranzinza, a minha amiga.
Assim espero. O meu nome é Margarida.
Ofereci a mão. Ela apertou-a.
Conheço a senhora, li um dos seus livros.

Fico surpresa. Voltamos juntas? Com prazer.

Chamava-se Anita Pomodoro, nascera em Nápoles e tinha setenta e três anos. Há mais de vinte era viúva de um professor universitário, aposentada há oito, depois de ter lecionado durante quase a vida toda, e morava ali havia pelo menos meio século. Conheço todos por aqui, disse, poderia contar-lhe histórias de cada pessoa que encontramos, seria um ótimo banco de dados e um razoável estímulo para a sua imaginação, acrescentou com um sorriso levemente cínico.

Enquanto voltávamos, o céu escureceu de repente e as sombras tornaram-se pálidas até desaparecerem por completo. Do mar, soprava uma aura morna, era siroco, reconhecia o cheiro. Anita disse, que pena, o tempo está mudando.

Subimos ao nosso andar e ela perguntou se eu gostaria de tomar um chá. Por que não?, respondi, contente com o convite. Esperei que o encontro durasse, pois a mulher pareceu-me logo fascinante. Uma espécie de amor à primeira vista, tenho de admitir, alguma coisa que estalou na minha barriga.

O apartamento era bem grande, permeado por uma aconchegante confusão que revelava muita coisa daquela dama elegante e requintada, mas ao mesmo tempo simples e disponível. Grandes estantes subiam até o teto, os quadros, muitos deles bastante incomuns, cobriam inteiramente as paredes, o meu marido pintava, contou com uma ponta de orgulho na voz, indicando alguns. Na sala havia um piano, então era ela que gostava de tocar Chopin, e muitas fotos de filhos e netos que ela comentou, veja, esta é a Fanny, a mais nova, só tem seis meses, estive com ela vinte dias atrás, sabe como é, todos os meus filhos moram longe, o mais velho em Londres, a mãe de Fanny em Paris, mas isto não me deixa triste, sinto-os perto de mim, e é uma boa desculpa para viajar.

Tomamos chá e mantivemos uma agradável conversa por umas duas horas. Anita parecia interessada em me conhecer, fazia muitas perguntas e sabia ouvir. Contei-lhe de Sérgio e do seu trabalho, da mudança e de outras coisas, e ela contou-me uns trechos da sua vida, da sua paixão pela arte e pela música, e novamente dos filhos. Prometemos repetir o encontro na minha casa, na noite seguinte, para um copo de vinho depois do jantar.

Saí de lá de ótimo humor. A recém-conhecida enchera-me de curiosidade e de inesperado entusiasmo. Eu sempre fora muito interessada nas pessoas, não importava quem elas fossem, mas já fazia algum tempo que não me sentia aberta para os outros. Aqueles meses sombrios, imbuídos da doença que tomara conta de mim, e que todos haviam definido com um nome bastante claro, depressão, haviam-me afastado do resto do mundo. Fechara-me num nicho do qual tentava manter longe qualquer coisa que pudesse emocionar-me, tanto no bem quanto no mal. Mas naquele dia percebi que, no meu refúgio, se abrira uma brecha.

Enquanto enfiava a chave na fechadura, ouvi a porta ao lado que se abria. Apareceu a mãe de Anna, que ao ver-me titubeou, como se fosse uma desagradável surpresa. Bom-dia, eu disse. A mulher compreendeu que não podia deixar de encontrar-me, e então recorreu a um sorriso forçado e retribuiu o cumprimento.

E a sua filha, está melhor?, perguntei.

Está ótima, apressou-se a dizer, como se tivesse um discurso pronto para quem lhe fizesse a pergunta, uma maravilha. O médico diz que só precisa descansar. Sabe como é.

Não, não sei como é.

Mas ela fez de conta que não tinha reparado no meu tom polêmico e, depois de fechar a porta, começou a falar como uma matraca, estas mulheres jovens, de vez em quando entram em crise, dizia, não estão acostumadas com o trabalho pesado, as tarefas domésticas, os filhos para criar, um marido para cuidar, conosco a coisa era completamente diferente.

Permaneci em silêncio e fitei-a fixamente no fundo de seus olhos azuis, pareceram-me frios e duros como os seus traços, os lábios finos, as maçãs do rosto salientes.

Além do mais, o meu genro acaba de ser promovido, continuou, agora é diretor de um banco, e trabalha mais, sob pressão, sabe como é, repetia, e a responsabilidade, o prestígio, já não há homens como ele hoje em dia, rigoroso, sério, consigo mesmo e com os outros, só pensa na família. O único momento de lazer que se concede é o futebol, joga muito bem, a senhora nem imagina. Sempre pensando no trabalho, pobre rapaz, enquanto a minha filha às vezes tem minhocas na cabeça, a coitadinha. Diz que não tem a menor vontade de preparar jantares para os colegas ou os clientes do banco, mas são coisas importantes, ora essa, e além do mais se conhecem pessoas interessantes, pessoas que valem a pena. Outra noite, receberam para jantar um vereador, um conhecido político, sem mencionar os nomes, a senhora sabe como é, e um industrial milanês, todos acompanhados das respectivas mulheres. São jantares importantes, mas ela não quer assumir a sua parte de responsabilidade, não quer entender como a vida funciona. Pois é, é preciso entendê-la, pobre menina, a culpa é minha, sempre a mimei demais, sempre quis o melhor para ela, e pelo menos isto ela reconhece, sabe demonstrar gratidão e respeito, não como aquela sem-vergonha da irmã que fugiu de casa com um imprestável pilantra quando tinha apenas vinte anos e agora deve estar lavando pratos numa espelunca qualquer, a infeliz. Mas eu sempre desejei o melhor para as duas, principalmente para Anna.

Assenti, para demonstrar que entendia. Quer dizer, então, que Anna tem uma irmã, pensei.

Não acontece todos os dias, como talvez a senhora pudesse imaginar, sabia?, continuou a mulher, aproximando-se. Há mães que não dão a mínima para os filhos, deixam que se espalhem pelo mundo e não se importam sequer em saber o que acontece com eles, só querem livrar-se do estorvo para se dedicarem a suas idiotices, murmurou, esticando o pescoço e apontando com os olhos para a porta de Anita. Só quero ver quando ficar velha e presa a uma cadeira de rodas, quem vai cuidar dela, então?, uma das suas amigas ainda mais caquéticas que esta infeliz desmiolada? Que aliás, fique entre nós, é muito metida, mas eu não deixei por menos, está me entendendo?, deixei logo bem claro, fique longe da minha filha, velha abelhuda, e ela entendeu. Desde então fica no seu lugar, sozinha e abandonada, que Deus a perdoe. E além do mais, acredite, prosseguiu, o meu genro é um homem tão generoso e temente a Deus, foi isto mesmo que ela disse, que para deixar-me ficar com a minha filha e os netos arrumou um lugarzinho aqui perto para mim, pequeno, é verdade, mas sabe como é, vivo sozinha, de que me adiantaria um palácio?, além do mais faço a minha parte, eu sempre ajudo as crianças.

Eu só queria fugir. Apressei-me a abrir a porta de casa para dar um basta àquele vômito de palavras.

Dê minhas lembranças a Anna, disse ao me despedir.

Ela olhou para mim sorrindo e chamou o elevador.

Não precisa se preocupar com a minha filha, quase berrou entrando, pode crer, não há motivo, vive como uma rainha. Afinal, estamos todos nas mãos de Deus, não acha?

Não esperou por uma resposta, pois, no fundo, a dela não era uma pergunta.

Fechou a porta do elevador e o barulho ecoou no vão das escadas.

19

Certa manhã, recebi o telefonema que esperava e receava ao mesmo tempo. Era o meu editor. O astucioso estratagema de manter o celular desligado a maior parte do tempo acabou não surtindo o efeito esperado, não sabia como, mas ele descobrira o número de casa. E agora estava lá, do outro lado da linha, trovejando com sua voz rouca, mas sonora. Quase podia vê-lo, esparramado em sua poltrona, a mesa apinhada de livros, papéis, revistas e manuscritos cobertos de cinzeiros cheios de guimbas.

E aí, está me evitando?
Não, claro que não.
E como anda o trabalho?
Anda.
Não é uma resposta. Antes de mais nada, como é que você está? Já passou a tristeza?
Passou.
Boa menina. Já faz ideia de quando irá entregar o livro?
Preciso de tempo.
Um mês?
O que for necessário.
Acha razoável dois meses?
Está bem, farei o possível.
Isso mesmo, minha florzinha.
Detestava quando ele me chamava de florzinha.

Procure aplicar-se. E também me ligue, de vez em quando.

Se quiser, pode mandar os primeiros capítulos, fique à vontade.

Sinto muito, nem pensar.

Sempre a mesma intransigente, você. Por falar nisto, preciso dizer-lhe uma coisa.

Estou ouvindo.

Daqui a umas duas semanas tem que estar em Pavia. Para apresentar o seu último livro.

De novo?

Pois é, não sei bem do que se trata, um congresso ao que parece, de qualquer maneira Giovanna vai ligar para explicar melhor.

Está bem.

Não está contente? É a cidade onde nasceu, não é?

Isso mesmo.

Então tchau, florzinha.

Tchau.

Desliguei e fiquei esperando. Conhecia-o bem e sabia quanto aquele telefonema lhe custara. Arturo era um homem inteligente, mas a sua vida não havia sido fácil, e se protegia atrás daqueles frágeis tapumes de cinismo. Depois de trinta segundos, o telefone voltou a tocar.

Sou eu.

Eu sei.

É que não lhe disse que sinto muito, quer dizer, pelo hospital e tudo mais que aconteceu. Talvez tivesse sido melhor eu visitá-la, mas aqueles lugares me dão um friozinho no estômago.

Que lugares?

Bem, você sabe...

Tudo bem.
Para você me perdoar, enviei-lhe uma encomenda. Há dois livros difíceis de se encontrar, acho que vai gostar. São primeiras edições, sei que aprecia estas coisas. Faça o que bem quiser com eles, leia, revenda para pagar as contas, o que achar melhor.
Obrigada, Arturo. Muito obrigada mesmo.
Sabe como é, gosto de você, Malinverni. Cuide-se. E leve o tempo que for preciso, não preste atenção neste velho pentelho.
Era o seu jeito de demonstrar a sua afeição por mim. Afinal era um sentimento recíproco.

Depois de alguns minutos, a campainha tocou.
Lá estava ela, Anna, segurando uma vasilha de plástico coberta com papel de alumínio.

São biscoitos, eu mesma fiz.

Só naquele instante reparei na sua delicadeza, a sua magreza deixou-me impressionada. Até então só a vira de sobretudo ou casaco, mas agora estava usando apenas uma roupinha esmaecida, o rosto pálido devido ao provável jejum, aos longos prantos solitários, talvez às noites sem dormir. A mancha roxa tinha quase desaparecido, sobrava apenas uma vírgula escura sob o olho direito.

Que surpresa agradável, obrigada, eu disse sinceramente feliz, faz favor, vamos entrando.

Ela enrijeceu, não, não posso, disse, mas percebi que dava uma olhada rápida além da porta, não posso, voltou a dizer, empurrando para as minhas mãos o recipiente e dando um passo para trás.
Percebi que não vinha ao caso insistir, mas tentei segurá-la com um farrapo de conversa, as crianças, perguntei, como vão?

Respondeu que iam bem, estavam na escola, depois a avó iria buscá-las e levá-las para casa. Preciso ir, continuou, estou preparando uma torta, Alice gosta de tortas de chocolate, e Tommaso também, ele é tão difícil com a comida, come como um passarinho, mas gosta de doces, e então sempre preparo umas tortas, embora o pediatra torça o nariz, mas o menino está tão magro... Pois é, agora tenho de ir.

Lembrei-me dos biscoitos que Ângela trouxera uns dias antes e que ainda não tinha aberto.

Espere um momento.

Corri para a cozinha, abri o armário, larguei a vasilha de plástico e peguei o pacote. Quando voltei, Anna tinha dado dois passos adiante, estava no limiar agora, e observava a casa com interesse. Parei, calada. Dei-lhe algum tempo, ela deu mais um passo incerto, estava dentro, bonito apartamento, disse com voz entremeada de melancolia, muito bonito mesmo, parabéns, e quantos livros, toda esta luz, a cor das paredes também é bonita, gostei.

Ficamos em constrangido silêncio, aí ela viu o pacotinho que eu segurava e ficou séria.

O que são?, perguntou num tom subitamente ríspido.
Biscoitos. Uma amiga trouxe de Pavia.
Ah.
Chamam-se Offele de Parona.
Não conheço.
São amanteigados, ovais, esfarelam na boca. A receita é um segredo, foram inventados por duas irmãs do lugar, que nunca a revelaram, só uns poucos artesãos têm autorização para prepará-los.
Hum, não acho que seja uma boa ideia.
São ótimos, acredite. Confie em mim. Os filhos da minha amiga foram criados com estes biscoitos, e eu também comia quando menina.

Acredito, mas acontece que o meu marido prefere as coisas feitas em casa, para as crianças. Nem quer saber de coisas industrializadas.

Fez uma pausa.

Diz que não sou muito boa para fazer compras, e tem toda razão, às vezes me deixo tentar por coisas inúteis, que não servem. Ou que fazem mal.

Não acha que está sendo um pouco severa demais consigo mesma?

Ela não respondeu, e me arrependi de ter feito a pergunta.

Diga ao seu marido que é um presente meu para Tommaso.

Não, apressou-se a responder, seca.

Olhei para ela e, pela expressão que se desenhara em seu rosto, compreendi que aquela recusa não era uma bobagem sem motivo, nada disto, e que os biscoitos poderiam provocar um problema muito mais sério.

Naquela hora o telefone tocou e me virei para o aparelho.

Ela estremeceu, como se tivesse ficado com medo, e se afastou correndo como um cachorro escorraçado, sem qualquer aceno a uma natural despedida. Procurei acompanhá-la, mas já havia trancado a porta atrás de si.

Confusa, com a embalagem de Offele nas mãos, aproximei-me do aparelho que continuava a tocar e atendi, meio desgostosa, mantendo os olhos fixos na porta do apartamento que ficara escancarada.

Era Sérgio. Ouvia a sua voz quase sem prestar atenção, respondendo com monossílabos, enquanto continuava a olhar na direção em que Anna fugira.

Não fiz perguntas e entendi muito pouca coisa do que ele estava dizendo.

20

Saí de casa nervosa e fiquei andando por horas a fio, fazendo-me mil perguntas. Dizia a mim mesma que a vida tem o valor que cada um sabe atribuir-lhe, e ficava imaginando o que poderia representar para Anna. Uma desconhecida, afinal de contas, mas uma presença da qual não conseguia livrar-me. Suscitava em mim sentimentos contraditórios, compaixão misturada com raiva.

Perambulei pelo centro sem quase perceber o que estava à minha volta, tinha a cabeça cheia de pensamentos, de coisas que teria gostado de ter dito, de frases interrompidas no meio. Então, de repente, começou a ventar, senti um arrepio nas costas e retomei o caminho de casa.

Parei no costumeiro supermercado. Cheguei a pensar em comprar o necessário para preparar algum molho especial, talvez pudesse fazer algo diferente, alguma coisa fina. Fiquei por uns momentos fantasiando, até o interesse desaparecer tão rápido quanto tinha surgido. Acabei comprando uns pãezinhos e uns enlatados já cortados, um jantar sem qualquer pretensão gastronômica. Também peguei uma garrafa de vinho tinto, lá pelas nove Anita viria me visitar, sentia-me bem à vontade com ela, sempre tínhamos o que conversar.

Voltei a ver a mulher gorda e olhei para ela por um bom tempo, pois, afinal, ela não iria perceber. Observava os seus movimentos, sempre os mesmos, mas reparei que, ao contrário das outras vezes, pegava os objetos e os jogava no carrinho com violenta displicência, sem se importar com o preço ou outras coisas como normalmente costumava fazer. Tinha o prendedor de cabelo na cabeça, a presilha roxa em forma de borboleta, mas o rosto era ainda mais impenetrável que de costume. De vez em quando parava e assumia uma estranha expressão, entre surpresa e amargurada, os olhos imóveis, fixos em sabe lá o quê, aí se recobrava, falando baixinho consigo mesma, e voltava a circular entre as gôndolas com seu carrinho. Pensei que no passado aquela mulher já tivera uma vida diferente, as olimpíadas, o sucesso, fiquei imaginando se aquelas lembranças haviam sido apagadas, ou se continuavam a atormentá-la.

Também vi a mulher de permanente malfeita, aos berros como de costume. Queixava-se dos preços, dos políticos, dos guardas municipais, dos albaneses, do farmacêutico intransigente que não quisera vender-lhe um remédio qualquer sem receita, o imbecil escravo da burocracia. Algumas mulheres paravam e diziam, isso mesmo, a senhora está certa, são todos iguais, egoístas que não dão a mínima, que não se importam com nada e com ninguém, gente horrorosa. Talvez eu só estivesse vendo o lado triste de toda a história, mas tinha a impressão de entender a aflição daquelas mulheres, de dar-me conta da sua raiva, de perceber o sofrimento devido à falta de uma alternativa, à impossibilidade de dar um sentido diferente às suas vidas, mulheres que escondiam sua inquietação atrás de gestos frenéticos, sempre os mesmos, dentro e fora dos seus apartamentos.

Ao chegar em casa, decidi tomar um banho quente. Passara a tarde inteira pensando no encontro com Anna e, além do profundo mal-estar, começava a sentir uma dor que se mexia dentro de mim, uma dor que não tinha a ver com ela, uma dor toda minha, um monstro enterrado que já conseguira libertar-se violentamente uma vez e que agora reaparecia em cena, junto com certas imagens nebulosas que voltavam à tona.

Mergulhada na água, como num berço, com as nuvens de vapor que embaçavam tudo, na luz mortiça, senti-me supreendentemente tranquila, embalada por um calor antigo, e veio à minha boca a palavra mãe. Então, chorei descontrolada e voltei a pensar no rosto da minha mãe, em quão bonito ele era, com aqueles seus olhos grandes e escuros e os dentes muito brancos que ela amava mostrar com prazer. Sorria sempre, mamãe, quando papai ainda estava com a gente.

* * *

Morávamos nos arredores de Pavia, num dos últimos municípios antes da foz, onde o Ticino deságua no Po. A casa não ficava longe daquela da tia Rita, uns poucos minutos de carro, dez a pé com passo firme, cortando pelos campos. Meu pai era um homem forte, positivo, a nossa casa recebia um montão de gente, e ele tinha um sorriso para todos, e a capacidade de transmitir a sensação de bem-estar a quem estivesse perto. Só quando lia os seus livros assumia um cenho sério, ou então quando consertava alguma coisa, o encanamento, o aquecedor, a instalação elétrica que nunca funcionava direito. Nestas horas assumia um ar compenetrado, e eu ficava ali, olhando para ele, a gente não pode se distrair, dizia, basta uma coisinha de nada para se machucar.

Minha mãe observava com olhos apaixonados, sou a mulher mais sortuda do mundo, repetia, era a própria cara da felicidade, embora às vezes o seu olhar se tornasse sombrio, quando uma dor imensa parecia tomar conta dela. Tinha um caráter indecifrável, a minha mãe, todos achavam-na simples e transparente, mas não era bem assim. Havia dias em que se sentia como que atordoada, dizia vai brincar, Margarida, que a mamãe está com dor de cabeça. Ficava abatida, às vezes chorava. Nestas horas meu pai sabia consolá-la, não é nada de mais, vai passar, lhe dizia. E tudo passava.

O rio fazia parte da nossa vida assim como nós da dele. Nós o amávamos muito, embora às vezes papai praguejasse e o chamasse de maldito, veja só o que você está fazendo com a gente! Falava com ele como poderia falar com um irmão mais velho, como naquela noite em que fomos forçados a fugir porque já chovia havia vários dias e a água invadira nossa casa. Mas com a chegada da primavera se acalmava, e no verão nos presenteava com tardes de domingo inesquecíveis. Mamãe preparava um montão de coisas boas para comer, e com os amigos íamos a pé até a beira do rio, não muito longe de onde morávamos. Mergulhávamos na água ainda fria e passávamos ali o dia inteiro, até a noite, após o pôr do sol. Os homens acendiam uma fogueira e nos reuníamos em volta daquele calor, e eu ouvia as conversas do papai e dos amigos, falavam do trabalho, da fábrica, dos movimentos sindicais, do *poder operário* e do que se devia ou não se devia fazer. Aí alguém pegava um violão, e cantavam e tomavam vinho até tarde. Não entendia completamente aquelas conversas, mas esperava que algum dia chegasse a hora certa para falar finalmente com meu pai daquelas coisas, dos livros que lia com tanto interesse à noite, perto da lareira. Esperava por aquele momento, mas ele não chegaria.

Certo dia em fevereiro, no meu terceiro ano na escola, havia uma neblina que impedia que se visse a um palmo do nariz. Acabávamos de voltar para casa, mamãe e eu, vamos, menina, que a sopa está quente, ela dizia, vamos sentar à mesa e me conte o que fez no colégio. Aí ouvimos bater à porta. Mamãe foi abrir, deve ser Gildo, brincou. O Gildo era o carteiro, sempre bêbado de cair. Dava a volta na aldeia do jeito dele, às vezes entregava o correio às sete da noite e até parava para tomar mais um copo para então ir embora naquela sua bicicleta desengonçada, e todos riam, sabe lá em que celeiro vai dormir hoje. Daquela vez, no entanto, apareceu um homem alto que nunca tinha visto. Estava com Vanni, um amigo do papai, um bom sujeito que trabalhava com ele, de manhã bem cedo, ainda escuro, os dois pegavam o mesmo trem. Vanni ficou de lado, muito pálido, cabisbaixo, olhando para os sapatos, segurando o chapéu nas mãos.

O homem alto que eu não conhecia adiantou-se, sorriu para mim, acariciou o meu rosto, seja uma boa menina, disse, aí levou mamãe para um canto e ciciou alguma coisa no seu ouvido. Ela ficou branca, apoiou-se na masseira e levou uma mão à boca.

Não chorou, ficou por alguns minutos em silêncio, olhando diante de si, para algum lugar impreciso, procurando não encontrar o meu olhar, eu acho. Acabou falando com voz estranha, bote mais lenha na lareira, disse, que o fogo está se apagando.

Eu também não chorei, mas tinha entendido que meu pai não voltaria.
Só isto.

21

Desculpe, hoje estou me sentindo um tanto aérea. Foi o que disse a Anita quando me perguntou o que estava acontecendo comigo. Contava-me de uma viagem que fizera ao Vietnã, sentada na sala diante de mim, de pernas cruzadas, um cigarro em uma das mãos e um cálice de vinho tinto na outra. Eu continuava a beber, e ela me fez notar que o vinho na garrafa tinha acabado, sem acrescentar, nem era preciso, que eu o tomara todo, sozinha. Vou pegar outra, falei, e levantei meio trôpega para ir à cozinha. Ela veio comigo, em silêncio. Lutei com o saca-rolhas, estava nervosa e um tanto alterada, não conseguia abrir aquela maldita garrafa. Pode deixar, Anita disse com suavidade, encarregando-se da tarefa. Sentei, quase desmoronei numa cadeira, apoiando o cotovelo na mesa.

De repente foi como um rio rompendo os diques. Falei de Anna, naquela tarde, da minha sensação de impotência, do medo, e também das lembranças que haviam batido à porta junto com ela. Falei que me sentia sozinha e cansada, mas também com raiva, que precisava ter o meu homem mais perto, para ele compartilhar aqueles dias tão importantes e cheios de acontecimentos. Mas ele não estava lá. Eu devia saber que Sérgio era daquele jeito mesmo, que uma das razões que me haviam levado a amá-lo era justamente a sua independência, que às vezes, no entanto, me deixava exasperada, sem contar o respeito que tinha pelo meu espaço e pelo meu trabalho. Afinal de contas, falávamos a mesma língua, pelo menos eu achava, mas era de fato tão importante assim?

Anita encheu os copos sem dizer nada.

Mais cedo ou mais tarde, chega a hora da prestação de contas, continuei, e agora a minha vida está querendo respostas, e eu não sei dá-las. De um ano para cá, quase parece que não me conheço mais, no meu pequeno mundo arrumado abriu-se uma falha. Já não sei quem sou, e me parece que na base de tudo está a certeza de que, depois dos meus pais, ninguém mais pode me amar.

Falei emocionada, tudo de uma vez, ficando logo com vergonha daquelas palavras, por ter-me deixado levar por aqueles pensamentos desordenados, por aquele impulso infantil, com uma pessoa que acabava de conhecer e que talvez não tivesse a menor vontade de me escutar, e provavelmente só me ouvia por mera educação.

Ela tomou um gole de vinho.

Nada de desespero, menina, de qualquer forma não adianta, disse séria, olhe para mim, estou velha, e quando a gente se aproxima da chegada já não há certezas, nem critérios, somente lembranças, às vezes terríveis, às vezes lindas. Fez uma pausa e acrescentou, mas aceite-as, as lembranças, não procure repeli-las, o que precisa recear é o presente. As recordações, por mais dolorosas que sejam, ajudam a enfrentar o agora, e em certos momentos podem acontecer até milagres. Mas é preciso não arredar pé, querida. Então, ela riu.

Por que está rindo?
Pensava nos meus cabelos brancos.
O que há de errado com eles?
Nada. Só que preciso tomar cuidado.
Com quê?
Com aquilo que digo, não quero que as minhas ideias fiquem tão velhas quanto eles.

Sorri para ela, com gratidão. Não tinha entendido direito o sentido daquilo que acabara de dizer, sentia-me confusa, e acho que ela se dava conta disto. Mudou de assunto e propôs tocarmos alguma música, então levantamos e voltamos à sala.

No corredor, ouvimos um barulho que nos deixou de sobreaviso, uma porta batendo com violência e um gemido abafado. Era Anna. Dirigi-me ao quarto e Anita veio atrás.

A voz dele soava seca e forçadamente comedida, você é apenas uma titica, uma fracassada, dizia, não é nada sem mim, não é ninguém, está entendendo sua idiota de merda?, nunca mais se atreva a responder daquele jeito.

Desculpe, não era minha intenção.
Não era sua intenção, mas fez.
Desculpe.
Escuta aqui, saco de estrume, se fizer outra vez vou jogá-la no olho da rua e nunca mais deixo que veja as crianças, entendeu, sua grande bosta?
Entendi, entendi, sim. Mas, por favor, não.
Viu, sua vadia? Nem cheguei perto de você. Não levantei um dedo, pode parar de bancar a vítima, sua asquerosa. Está vendo por que me faz perder a paciência?, percebe que é sempre culpa sua?
Eu sei, desculpe, é minha culpa, por favor acalme-se.
E não me diga para me acalmar.
Está bem, desculpe.
E não se atreva a chorar, sua inútil.
Não, não vou chorar. Desculpe, desculpe. Tudo bem.
Tudo bem porra nenhuma.

Depois, as passadas dele, tinha saído do quarto e também de casa. Ouvimos a porta bater mais uma vez, com violência, e ele que descia rápido pelas escadas.

Eu estava agachada no chão, os músculos tensos, o ouvido atento perto da parede. Anita estava sentada na borda da cama, com a cabeça entre as mãos, os cotovelos apoiados nos joelhos.

Ficamos assim até ouvi-la chorar. Anita e eu nos entreolhamos e, como se tivéssemos dito e explicado um montão de coisas, trocamos apenas um gesto de entendimento.

Foi aí que comecei a bater levemente na parede. Anna parou de chorar, tudo ficou em silêncio. Então pude ouvir que ela também batia. Respondi. Anita suspirou, agachou-se ao meu lado e deu três toques. Anna voltou a chorar, mas continuou a bater, e a gente respondia.

Tum tum. Tum tum.

Durou algum tempo, não saberia dizer quanto, até que a ouvimos assoar o nariz, bater mais uma vez e depois afastar-se.

Anita olhou para mim e sussurrou, isto mesmo, eis o milagre.

E eu entendi o que quisera dizer pouco antes.

22

Estava me acostumando à nova casa e a minha vida oscilava entre momentos de dor e tristeza e outros tantos em que quase me sentia agradecida por aquela solidão. Havia assombro em mim e curiosidade pelas pessoas que ia conhecendo, por certas sensações que pensava ter esquecido e que agora sentia crescer novamente. Como se tudo aquilo que estava acontecendo, por dentro e por fora, estivesse tomando forma. Como se soubesse que algo já tinha acontecido, e que só mais tarde iria dar-me conta disto.

Certo dia Mauro bateu à minha porta, de manhã bem cedo. Lá estava ele, com o estojo do seu precioso violino, eram sete horas e eu só me levantara havia pouco mais de dez minutos. Abri, sonolenta, e não soube sequer mostrar-me muito surpresa com aquela visita inesperada. Disse, vamos entrando, fique à vontade, resmungando palavras bocejadas de boas-vindas, vou lhe preparar um cafezinho, do qual, no fundo, quem mais precisava era eu.

Acompanhou-me até a cozinha e sentou em silêncio, dando-me tempo para me recobrar, olhando para mim plácido e paciente enquanto eu botava a cafeteira no fogo. Espiava a minha nova cozinha com curiosidade, os livros empilhados na mesa, pegava-os um por um, folheava-os para então repô-los no lugar.

Então, gostou?
Do quê?
Da nova casa.
Ainda não vi direito, mas da cozinha gostei.

* * *

Sentei à mesa, na frente dele. Tinha envelhecido, mas continuava com o mesmo ar de adolescente, e os cabelos brancos destoavam do rosto de universitário, as bochechas rechonchudas, os olhos vivos.

    Desculpe, sei que é muito cedo, mas daqui a uma hora tenho os ensaios e um montão de outras coisas a fazer, as aulas e tudo mais.

    Não precisa se desculpar. Aconteceu alguma coisa?

    Não, nada, respondeu meneando a cabeça.

    Eu hesitava, parecia-me claro que estava a fim de falar comigo e que queria fazer isto logo, não era comum que viesse visitar-me, normalmente cabia a mim ir à sua casa almoçar ou jantar, quando a prima Irene me convidava, e comecei a ficar preocupada. Mas ele sempre demorava para chegar ao ponto, perguntou como eu estava, falou nas filhas, no próximo concerto, nos ensaios cansativos e repetitivos. Naquela manhã iam começar às nove, sem horário para acabar, disse, e de tarde ia dar aula a dois alunos que estava preparando para o conservatório, e além do mais tinha de estudar, sabia lá a que hora iria parar, naquela noite.

    Coitada da Irene, dizia, tem sempre de fazer tudo sozinha, às vezes tenho a impressão de não estar cuidando direito dela, e enquanto falava acariciava o estojo do violino, aquele instrumento que amava de forma visceral, filial e paternal ao mesmo tempo. Tinha comprado vinte anos antes de um artesão holandês, e depois disto nunca se haviam separado, formavam realmente um casal perenemente apaixonado.

    Continuou conversando, aparentemente tranquilo, tomou seu café e aí pediu para ver o apartamento. Observou cada aposento com atenção, acenando que sim com a cabeça e sorrindo satisfeito. De repente, disse que tinha de ir embora, estava ficando tarde.

    Acompanhei-o até a porta e tive vontade de não perguntar nada. Mas conhecia Mauro, era preciso levá-lo ao assunto com jeito, espetá-lo para que desembuchasse, ele era assim mesmo, não sei se por timidez ou por um respeitoso pudor em relação aos sentimentos dos outros, bem diferente da mulher, pensei. Acontece, de qualquer maneira, que naquela manhã já vestira o sobretudo e abrira a porta quando lhe perguntei, e a prima Irene, como ela está?

Pois é, era justamente disto que eu queria falar, respondeu.
Não teve mais notícias dela?
Não. Depois da última bronca que me deu, não nos falamos mais.
Percebi que estava me defendendo, como uma menina assustada.
Ele suspirou abrindo os braços.
Irene não anda bem, nestes últimos tempos.
Problemas com a saúde?, perguntei num tom bem diferente.
Não, sem novidade, as meninas crescem.
Aconteceu alguma coisa?
Nada de sério. Mas sabe como são as adolescentes. E Agnese nem mais isto é, nesta altura. Está se tornando uma mulher. Não é fácil.
Então é isto?
Não, não é só isto.
Que mais?
Custou a falar.
Depois que houve aquela coisa com você, quer dizer, depois do hospital, ela entrou numa espécie de crise.
Como assim?
Acho que de alguma forma se sente culpada.
Não parece, comentei sardônica.
Não seja injusta com ela.
Nunca deixa de ser agressiva e petulante.
Eu estava ficando nervosa.

É verdade, ela é assim mesmo.
Você nem imagina o que ela é capaz de me dizer.
Às vezes fica cheia de raiva.
E não há jeito de ela prestar atenção no que eu digo.
Eu sei, muitas vezes exagera. Tem um gênio difícil.
Eu voltara ao tom de voz meio infantil de quem está procurando desculpas para se defender, como pouco antes.
Não é fácil falar com ela.
Mauro olhou carinhosamente para mim, deu-me um beijo na testa.
Nem com você, Margarida, acredite.
Foram as suas palavras de despedida. Saiu fechando a porta atrás de si.

Fiquei parada, zangada, senti-me acuada num canto.
Mas achei que no fundo ele estava certo.

23

Dois dias depois liguei para a prima Irene e a convidei para almoçar.

Tenho um montão de coisas para lhe contar.

Com a vida mumificada que você leva, duvido muito, mas mesmo assim pode contar comigo.

Aí soltou um arroto que disfarçou com um acesso de tosse. Desliguei o telefone e aprontei-me a sair, queria ir às compras para preparar um bom almoço. Queria mesmo falar com ela, e até convidá-la a ir a Pavia comigo para aquele encontro do qual devia participar. O assunto era bastante importante, a crise da mulher, a cada vez maior dificuldade em subir na carreira e firmar-se dentro das instituições, a violência, e assim por diante, haveria várias escritoras. Não pretendia arrastar a prima Irene ao congresso, sabia muito bem que não iria gostar. Mas a minha participação só levaria umas poucas horas, ela podia aproveitar para visitar a mãe, e teríamos a oportunidade de passar uns dois ou três dias juntas, coisa que, na verdade, esperava e receava ao mesmo tempo.

Quando abri a porta, deparei com Anna, que estava prestes a tocar a minha campainha.

Entre, falei surpresa.

Ela entrou sem dizer uma palavra, séria e sem jeito. Não parecia uma visita de cortesia.

Preciso falar com a senhora, murmurou.

Sim, claro, posso oferecer alguma coisa?

Não, obrigada.

Abri caminho para o meu escritório. Anna caminhava lentamente, observava ao redor, deu uma olhada rápida na cozinha e outra no quarto de dormir.

Podíamos ficar na entrada, disse.

Aqui vamos nos sentir mais à vontade, respondi.

Ajeitou-se na beirada da poltrona, eu peguei uma cadeira e sentei diante dela. A luz filtrava pela janela entreaberta, o ar estava morno, ficamos ali, em silêncio. Eu compreendia a dificuldade dela em começar, mesmo sem saber ao certo o que queria me dizer. Mas eu também estava meio sem jeito, pois percebia o seu constrangimento e não sabia como quebrar o gelo. Quase agressiva, quem começou foi ela.

Não precisa ficar com ideias estranhas na cabeça, disse.

Tudo bem, respondi.

A senhora não entende, não pode entender, prosseguiu. Eu sei, a outra noite eu me deixei levar, mas tudo isto é inútil e desagradável, e a senhora deve estar imaginando coisas erradas. Claro, continuou, é o que acontece com todos, mas o meu marido não é um monstro, ele me ama, e ama as crianças, gosta de mim e sofre muito devido a algumas coisas que acontecem. Só que às vezes perde a calma e fica furioso, e no fundo tem toda a razão, também sou culpada, não o ajudo o bastante, não pode contar comigo. Ele fica o dia inteiro no escritório, entre aqueles tubarões sempre prontos a fazer a sua caveira se ele der as costas, e precisa ser melhor que os outros, pois o meu marido não é um filhinho de papai, e tampouco alguém que se casou com uma mulher rica e de família conhecida, entende o que eu quero dizer? Ele era um joão-ninguém e, para subir na carreira, para chegar aonde chegou, teve de lutar, a senhora nem pode imaginar, precisou mostrar que tem estômago, está me entendendo?

Perfeitamente.

Meu marido se fez por si mesmo, subiu na vida, era filho de operários, o pai era um pobre alcoólatra, morreu jovem, e a mãe não batia lá muito bem da cabeça, ele era um rapazinho, cresceu num orfanato, está me entendendo?

Estou.

Então não seja tão apressada em julgar, disse, antes de sair por aí gritando monstro, porque ele também sabe ser um homem doce e bondoso, só que agora está passando por um momento difícil. Temos duas crianças e, neste momento de aperto, o peso está todo em cima dos ombros dele, se cometer um erro qualquer, mesmo mínimo, sabe o que pode acontecer?, estamos arruinados, é isto que pode acontecer. É por isso que não me deixa fazer as compras sozinha, eu sou meio avoada, não podemos nos dar ao luxo de jogar dinheiro fora, ele precisa guardar, está me entendendo?

Estou.

Além do mais eu não tenho recursos, está entendendo?, não tenho um tostão, minha mãe só tem um salário mínimo de aposentadoria, se não fosse por ele nem conseguiria sobreviver. Sem ele eu estaria no olho da rua, pois não há muita coisa que saiba fazer. Já fui secretária, no passado, mas o meu marido diz que agora preciso cuidar das crianças.

Ficamos em silêncio, então ela chorou.

Ofereci-lhe um lenço, Anna enxugou as lágrimas e se levantou, dando alguns passos até a janela. Lágrimas continuavam escorrendo pelas suas faces, mas era um pranto silencioso, desculpe, disse, desculpe, só espero que Deus nos ajude, o nosso pároco é uma boa pessoa, espero que possa ajudar, já fez muito por nós, sabe como falar com ele, conhece-o bem, sabe como tratá-lo, sabe entendê-lo.

Aproximei-me e coloquei a mão no seu ombro, ela não se afastou. Do outro lado, a mulher gorda subia num banquinho que balançava sob o seu peso, mas parecia não se importar, limpava as prateleiras mais altas da cozinha com o costumeiro vigor.

Pobre mulher, disse Anna.

Conhece?

Só de vista. Veja só, corre o risco de cair.

Pois é, estou vendo.

Não faz outra coisa a não ser trabalhar. É isto. Talvez fosse melhor eu fazer o mesmo. Pode ser que Sandro ficasse satisfeito.

E a senhora?

Eu o quê?

Ficaria feliz e satisfeita?

Não respondeu.

O que pensa de mim, perguntou baixinho, sem se virar.

Quer que seja sincera?

Quero.

Acho que precisa de ajuda.

E o meu marido?

Ele também, claro.

É para isso que temos dom Morena.

Entendo.

Anna voltou a observar a mulher gorda.

Já foi bonita. Vi as fotos dela nas revistas.

É mesmo?

Pois é, vai ver que precisa de toda aquela banha. É como um lastro, para que o vento não a leve embora.

Aí se virou, preciso ir, murmurou, e voltou rapidamente para a entrada.

Fui atrás, tentei dizer-lhe, volte a me visitar, quando quiser. Mas a porta já se fechara.

24

Provavelmente eu estava fazendo uma bobagem, mas disse para mim mesma que não podia ser tão negativa. Talvez não adiantasse nada, mas quem sabe ele me ouvisse. Em resumo, foi mais forte do que eu. Depois de fazer as compras, dirigi-me à igreja. No começo pareceu-me deserta, aí reparei numas poucas mulheres idosas, de lenço na cabeça, que seguravam seus rosários, sentadas nos bancos da primeira fileira. Viraram-se logo que perceberam a minha presença, olharam para mim com um ar que parecia uma mistura de tédio e curiosidade, uma delas levantou-se e veio ao meu encontro. Era uma velhinha ainda mais miúda do que à primeira vista me parecera, caminhava curva e coxeava de leve, o rosto magro, tufos de cabelos brancos que apareciam por baixo do lenço preso no pescoço. Vestia roupas simples, uma saia escura e um casaquinho bem comum e mirrado, a não ser pela gola de pele sintética, de um prateado berrante.

Está procurando alguém, perguntou aproximando-se.

Percebi uma baforada de alho misturado com fumo.

Procuro dom Morena.

Por quê? Quer se confessar?

Não, só quero falar com ele.

Está na sacristia. Espere um momento que vou chamá-lo, disse, examinando-me da cabeça aos pés.

Não precisa, obrigada. Eu mesma vou até lá, se me indicar o caminho.

A mulher acenou com a cabeça, não parecia satisfeita com a minha resposta. Talvez fosse a criada do padre e, de alguma forma, eu estava passando por cima dela.

Por ali, disse severa, mas não tem muito tempo. Daqui a pouco vai começar a missa.

Encaminhei-me ao longo da nave direita, cheguei à porta que a velha indicara, deixei as sacolas das compras num canto, sob a pia da água benta, e entrei. Encontrei o padre diante do espelho, com gestos lentos e comedidos aprontava-se para a função, vestindo os paramentos sacerdotais. Era muito alto, de cabelos louros, mas embranquecidos, o rosto enxuto e olhos claros. Reconheci-o, era justamente aquele que vira naquela noite, junto com Anna e o marido. Ao ver-me, sorriu e veio ao meu encontro. Apresentei-me, disse o meu nome e expliquei que acabava de me mudar para o bairro. Convidou-me a sentar, olhou para o relógio e disse, muito bem, ainda temos uns quinze minutos, infelizmente tenho um ofício, o senhor chamou a si um dos seus filhos, mas é um prazer conhecê-la, é a escritora, não é, alguém me contou, fico contente.

Sentei diante dele.

Então, queria conhecer-me?, perguntou.
Queria.
E seu marido?
Não sou casada.
Solteira?
Vivo com o meu companheiro.
Tudo bem, ainda têm tempo.
Queria falar de outro assunto.
Do quê?
Preciso da sua ajuda.

Ficou sério, fitando-me fixamente. Seus olhos claros pareciam bondosos, o sorriso cordial. Suspirei e encarei o seu olhar.

Não sei por onde começar.

Tente do começo, disse suavemente.

Os Armandi. São meus vizinhos.

Ótimas pessoas, não é verdade? Também conheço a mãe. Uma dama devotada que participa de muitas iniciativas paroquiais. Se quiser, posso dar-lhe um programa das nossas atividades. E levantou.

Não estou aqui para falar da paróquia.

Voltou a sentar diante de mim, cruzando as pernas.

Explique, então.

Acho que o senhor está subestimando uma situação que pode ser muito grave.

Não sei do que está falando, disse meneando a cabeça.

Aquele homem, Armandi, é um sujeito violento. E a coitada da mulher é prisioneira de um relacionamento doentio.

O padre parou de sorrir, voltou a levantar-se, tenso e empertigado.

Acredito que não temos mais nada a nos dizer, informou pacatamente.

Mas o senhor sabe. Está a par de tudo.

Madame, eu não posso falar dos problemas de outras pessoas, e o que me é contado na confissão é segredo. Está claro?

Eu também me levantei.

Bater numa mulher é crime.

Aqueles dois são jovens, e se querem bem. Vão superar qualquer adversidade.

Começou a olhar nervosamente para o relógio, com o ar de quem está a ponto de perder a paciência.

Afinal, o que quer que eu faça?, perguntou.

Anna confia no senhor. Convença-a a denunciá-lo. Abra seus olhos.

Não diga bobagens. Como é que a senhora sabe? São amigas?

Já disse que moro ao lado deles, posso ouvir tudo.

Escute bem o que estou lhe dizendo. Anna é uma boa moça que ama o marido e nunca faria alguma coisa para prejudicá-lo.

E ele pode? Pode fazer mal à mulher, bater nela toda vez que lhe der vontade? Acha isto justo?

Afastou-se, indignado. Como se tivesse recebido uma grave ofensa.

Que Deus a perdoe, disse.

Deus não tem nada a ver com o caso, respondi. E de qualquer maneira, deveria perdoar quem mantém toda esta história, este verdadeiro massacre em segredo.

Mas que palavra é essa?, eximiu-se, levantando os braços para o céu.

Sou testemunha de violências bastante graves.

A senhora é uma histérica. Está exagerando, berrou.

Não sou histérica e não estou exagerando.

Voltou a aproximar-se. Já despira o ar sereno e compreensivo de homem da igreja, e havia algo ameaçador na sua voz.

Conheço muito bem as pessoas como a senhora, gente que não dá nenhum valor à família, que na primeira oportunidade joga tudo no lixo.

Mas já pensou nas crianças? Naquilo que são forçadas a ver?

Aqueles filhos são abençoados pelo amor.

Se há uma coisa que não existe naquela casa, é o amor.

Não tenho tempo, disse.

Deu-me as costas e voltou a ajeitar os paramentos com gestos nervosos.

Aquela mulher sofre violências todos os dias, e o senhor é cúmplice da mãe e do marido dela, continuei.

A senhora não sabe do que está falando, saia imediatamente daqui, berrou mais alto.

As duas velhotas espiaram da porta da sacristia, alarmadas.

Está bem, já estou indo.

E saiba que nada direi aos Armandi, nem à senhora Lucci, sobre esta sua demoníaca conversa.

Quem sai perdendo, então, é Anna, e o senhor bem sabe disto.

Passei pelas duas mulheres, tive de empurrá-las para sair, pareciam querer formar uma barreira diante da porta.

Fui embora, queria chorar, gritar, vomitar.

Percebi ter deixado as sacolas com as compras na igreja.

Mas não tinha a menor intenção de entrar de novo lá dentro.

25

Encaminhei-me para casa, derrotada, furiosa. A senhora não pensa naquelas crianças?, perguntara o padre. Não tinha a menor importância que tivessem de viver num ambiente de terror, não importava se o pai era um homem violento e a mãe uma pobre mulher entregue a mais total depressão, não importava se a coitada apanhava, o importante mesmo era não mexer na família.

Perto da padaria diminuí minhas passadas, só de leve, para retomar o fôlego, quando ouvi uma voz que me chamava, entre, senhora, fique um momento com a gente. Virei a cabeça e vi a ríspida dona da loja acenando com a mão para mim. Brindei-a com um sorriso cansado e aceitei o convite.

Lá dentro, sentada a uma mesa, Anita lia um jornal diante de uma xícara de café. Deixei-me cair na cadeira ao lado, enquanto a padeira fitava-me com sua costumeira expressão carrancuda, os cabelos muito curtos, escuros, os traços marcados a esculpir-lhe o rosto. Mas havia algo diferente em seu olhar, desta vez, algo parecido com cumplicidade. Falou comigo de forma gentil, gostaria de tomar um cafezinho?, perguntou. Talvez um chá de camomila, respondi.

Afastou-se, começou a mexer atrás do balcão, eu fiquei em silêncio. Percebi que estava tiritando, apertei o sobretudo em volta do corpo. Está com frio? Perguntou a padeira, colocando diante de mim uma xícara fumegante. Mais ou menos, obrigada, respondi. Então ela também sentou, olhou para mim e disse uma coisa pela qual não esperava.

Não pense que é a primeira.

* * *

Foi o que ela disse. Fitei-a com ar interrogativo e então ela começou a falar, enquanto Anita guardava o jornal, ajeitava-se melhor na cadeira e cruzava os braços.

Certa noite, disse a padeira, bateu nela bem aqui em frente. Deviam ser mais ou menos dez horas. Eu estava na loja, mas as luzes estavam apagadas, estava trabalhando nos fundos para dar conta de umas encomendas e controlar as notas fiscais. Vez por outra acabo ficando até tarde, umas duas ou três vezes por semana, pois mexer com a papelada é um negócio que francamente não suporto. Aí, de repente, ouço alguma coisa. Levanto, chego até a vitrina e o vejo, o bastardo. Está surrando a mulher, ali, no canto perto do portão. Ele bate e ela nem um gemido. Então saio da loja e berro, o que acha que está fazendo? Vira-se e olha para mim, aquela espécie de piolho, com ar de menino inocente, nada madame, diz para mim, o que estava pensando?, é só uma brincadeira, uma brincadeira entre namorados, vamos lá Anna, diga você mesma à senhora que estávamos brincando, desculpe o transtorno, vamos, diga a ela. Vi a mulher sair das sombras, o rosto encoberto pelo cachecol. Tudo bem, madame?, perguntei, quer entrar um momento? E ela respondeu, o que quer de nós, afinal? Fica se escondendo para espionar os outros? Deixe-nos em paz. Aí ela entrou no portão, acompanhada pelo marido que continuava a pedir desculpas. Já faz mais de um ano que isto aconteceu.

Anita olhou para mim sem fazer comentários. Uma nuvem de fumaça emoldurava-lhe o rosto, reluzia, quase parecia de prata, iluminada por um raio de sol que abria caminho pela vitrina opaca. Apagou o cigarro, aí começou a falar com aquele seu jeito levemente arrastado, vagaroso, que não desperdiçava uma única palavra.

* * *

Estamos todas fartas de saber o que acontece naquela casa, disse. Renata e eu já fomos falar até com o padre, como você fez hoje. Está surpresa? Vi-a na rua, percebi que tencionava ir à igreja e a segui. Mas não podemos esperar coisa alguma daquele homem, só está a fim do que lhe interessa. Renata e eu chegamos a pedir a ajuda da polícia, e eles até foram falar com os Armandi, mas não adiantou nada. Ambos negaram, disseram que não passamos de duas velhas loucas, duas lésbicas que odeiam os homens, isto mesmo, e os *carabinieri* explicaram que enquanto ela não colaborar, nada pode ser feito. Em resumo, aconselharam-nos a esquecer o assunto. Dois dias depois, a sogra nos agrediu enfurecida, e certa manhã Renata encontrou a vitrina da loja estraçalhada, e eu, a planta que tenho fora da porta seca e desfolhada como se tivesse passado um ano no deserto. Sabe lá o que jogaram nela.

Ficamos em silêncio por alguns segundos, as três. Só houve um suspiro, o meu. Então Anita disse que, afinal, nunca se sabe, pois acho que, apesar de tudo, você conseguiu alguma coisa, não sei ao certo o que houve, mas ela reagiu. Só espero que desta vez alguma coisa aconteça. O que acha Renata, contamos para ela? A outra assentiu com a cabeça. Esta noite vamos assistir a um filme de Bergman, disse, da década de 1970, sabe, daqueles que já é quase impossível encontrar nas locadoras. *Através de um espelho*, com uma fantástica Liv Ulmann, imperdível. Se não tiver outros compromissos, apareça lá em casa às nove. Vai conhecer algumas de nossas vizinhas, reunimo-nos duas vezes por mês, uma maneira para não nos sentirmos tão sozinhas. A não ser que você tenha algum tipo de preconceito contra os velhos, acrescentou risonha, ou melhor dizendo, contra as velhas.

Não, não tenho. Muito pelo contrário, respondi.

26

Esquecer que me convidou a almoçar três horas depois do seu telefonema parece-me pelo menos preocupante.

A prima Irene não parava de tamborilar na mesa com o garfo, mais nervosa e agressiva do que nunca. Mais uma vez eu a decepcionara. Ela estava toda emperiquitada, tailleur verde, salto alto, tinha imaginado uma espécie de almoço oficial só de nós duas, na nova casa, uma espécie de inauguração e de agradecimento por tudo aquilo que tinha feito, dava muita importância a estas coisas, a prima Irene. E, como de costume, mais uma vez eu tinha sido uma decepção. Agora estava ali, sentada numa incômoda cadeira, pelo menos na opinião dela, numa cantina qualquer, mexendo-se sem parar e protestando, veja só, acabei até desfiando a meia.

Não esqueci, desculpe.

Pior ainda, então, significa que muda de ideia a seu belprazer, sem me avisar, para trazer-me a esta espelunca.

Mas eu garanto, a comida é ótima.

Pare com isso, ora essa. Se era com a conta que estava preocupada, podia dizer logo, eu mesma ia pagar. Aposto que vão me trazer a massa mole demais, e até os copos estão cheios de manchas.

Em resumo, não havia jeito. Sentia-me esgotada, e preferi não dizer mais nada.

Até que tinha alguma razão, ao dizer que eu esquecera. Na hora de sair da padaria encontrei-a ali, furiosa diante do portão, colada no interfone. Eu estava pelo menos vinte minutos atrasada, e ela logo me atacou dizendo que não dava para confiar em mim, que eu não passava de uma boboca mimada e que já pensara até em ir embora. Movia-se aos pulos, como uma marionete, com aquele seu corpo esguio, só levemente torneado nos quadris, nervoso e eternamente tenso. Tentara acalmá-la do melhor jeito possível, vamos, vou levá-la a um lugarzinho bem gostoso, dissera para ela. Mas ela não gostara da cantina. Estava cheia de pessoas barulhentas, funcionários no horário do almoço, operários, russos, árabes, africanos, homens e mulheres de todo tipo, e a prima Irene olhava em volta com ar desconfiado. Escolher a mesa fora um verdadeiro drama, esta não serve, aquela menos ainda, sentar perto daqueles sujeitos, nem pensar. Como se não bastasse, enquanto examinava o menu, a dona, uma matrona robusta com cara de poucos amigos, mascando chiclete, dissera-lhe e aí?, a madame já escolheu? Aconselho que faça isto antes da hora de fechar.

Você ouviu?, dissera a prima Irene.
O quê?
Quero falar com o dono.
Acho que ela é a dona.
Que atrevimento, que falta de educação. Vamos embora.
Que nada. Já estamos sentadas, e agora vamos comer.
Sabe lá o que vão nos servir.
Confie em mim, a comida é ótima.
Confiar em você? É uma piada?
Ora, já pedi desculpas. Aconteceu um imprevisto.
Imprevisto? Qual é o motivo de todo esse mistério?
Nada de mistérios. Só uma amiga que está passando por um aperto.

Claro. E eu fico logo em segundo plano. Como sempre, aliás.

Não diga uma coisa dessas.

Sei muito bem o que estou dizendo.

A entrada chegou bem na hora de salvar a situação. Entre um resmungo e outro, a prima Irene traçou tudo, e aí, tomando cuidado para ninguém reparar, pegou um pedaço de pão e limpou o prato até ele ficar branco de novo. Ao tirá-lo da mesa, a garçonete sorriu, e a prima Irene foi logo dizendo que estava com muita fome, aí deixou escapar um arroto e ficou toda vermelha.

Então, aquele seu namorado, em que canto do mundo se meteu agora?

Continua em Kandahar. Parece que só poderá voltar daqui a um mês. Estavam fazendo um documentário, agora virou filme. Mas liga todos os dias, manda e-mails.

Hum... quanta bondade.

Não estou a fim de falar nisto, afinal de contas as coisas não andam tão mal.

E a cura? Ligou para o doutor Bernardi?

Fiz melhor, fui vê-lo.

E o que foi que ele disse?

Cortou muitos remédios. Quase todos, aliás.

Entendo. Decidiu tudo sozinha, não é?

Estou lhe dizendo, fui vê-lo na segunda-feira passada.

É mesmo?

É, tivemos um longo papo.

Já posso imaginar as lorotas que deve ter contado.

Por sorte, chegou o prato principal, mais uma vez para me salvar. A prima Irene atacou o coelho à genovesa com repentina voracidade, chupou os ossos um por um, e os caroços das azeitonas também, tomando vinho à vontade e comendo sem dizer uma única palavra. A garçonete aproximou-se e perguntou, então, gostou? Irene fez uma careta de condescendência e resmungou, baixinho, só queria dar uma espiada na cozinha, e aí disse em voz alta, e sobremesa, vocês também têm sobremesa? Os profiteroles sumiram do prato num piscar de olhos.

Talvez a sua aerofagia se deva ao fato de você comer depressa demais, parece um tanto nervosa, comentei.
Bobagem. É que hoje não segui a dieta do doutor Babata.
Pode ser.
Claro. Trouxe-me nesta espécie de casbá, e eu tive de me adaptar.
Demonstrou ser muito boa nisto.
Sei. Agora gostaria de um cafezinho, e também de um licor para arrematar.

Isso. Estava quase bêbada, mas finalmente descontraída, e também parara de arrotar. A cantina se esvaziara, a não ser por uns poucos fregueses que ainda se demoravam. Pareceu-me o momento certo.

Ouça, tenho uma coisa para lhe pedir.
Pois é, já imaginava.
Na semana que vem preciso ir a um congresso, em Pavia, ficarei fora alguns dias. Gostaria que você fosse comigo.
Não dá.
Tem outros compromissos?
Claro. Eu sempre tenho. Por exemplo, tenho duas filhas, já pensou nisto? (Arroto.)
Já estão crescidas.
Não diga bobagem. Aquela boboca da Agnese acaba de se apaixonar por um coveiro.
Como assim?

O sujeito trabalha numa funerária, assim como o pai e o avô. Uma firma de cunho familiar. Honras Fúnebres Condolências, é assim que se chama.

Bonito nome.

Poupe-me o sarcasmo. (Arroto.)

Está bem, desculpe.

E Ilária anda confusa, diz que não quer ir para a faculdade.

Ainda lhe faltam dois anos para o vestibular.

E daí? Isto não vem ao caso.

Vem ou não vem comigo, afinal?

Já lhe disse, não dá. Será que não escuta o que eu digo? (Arroto, outro arroto.)

Nunca passamos juntas algum tempo, com calma.

Não gosto de ir a certos lugares, deixam-me deprimida.

Acho, ao contrário, que deveríamos ir. Juntas.

Chega de besteiras! Perdeu o juízo?

Poderia ver a sua mãe.

Vejo-a todos os meses. Quando vem visitar-me.

Pense no assunto.

Esqueça.

Levantou-se com um pulo, dizendo que de repente se lembrara da hora marcada no dentista, eu apressei-me a pagar a conta e saímos.

    A prima Irene cambaleava, avançava insegura, fosse pelo vinho, fosse porque seus saltos altos não combinavam nem um pouco com o calçamento irregular da viela. Vou com você, falei, não, respondeu seca, vou sozinha.

    Lentamente, oscilando, afastou-se, e errou o caminho.

    Logo a seguir deu meia-volta e passou diante de mim. Não me atrevi a fazer comentários.

27

Fora um dia cansativo, cheio de acontecimentos, um depois do outro, em rápida sucessão. Rápidos demais para os meus parcos recursos. Sentia-me pesada, ofegante, somente à espera do término daquelas longas horas de maratona. Começava a ficar conformada, no entanto. Alguma coisa estava no ar, eu tinha de reconhecer, alguma coisa que tinha a ver comigo muito de perto, e não sabia se estava pronta a enfrentá-la. Era a lembrança que voltava à tona, que despia seus trajes espectrais para voltar à vida, para transformar-se em vozes, cheiros, aparências reais.

Conseguira até brigar com Sérgio, coisa que sempre procurara cuidadosamente evitar, ainda mais quando estávamos tão longe e tudo parecia agigantar-se de forma perigosa. Naquele dia, entretanto, não consegui me calar.

Ele estava contando de um diretor de cinema, um sujeito muito bom, no entender dele, um afegão perseguido na sua terra que ele conhecera junto com outras "pessoas interessantes". Falou pelo menos durante vinte minutos, cheio de entusiasmo, para então despedir-se apressadamente, muito bem, então, a gente se fala. Aí não aguentei, poderia pelo menos perguntar como estou, falei levantando a voz, e ele pareceu não entender, você está bem, não está?, o que há para perguntar, então? Ou será que vai começar a bancar a namoradinha seduzida e abandonada? Foi o que ele disse, num tom entre brincalhão e irritado, e eu berrei a plenos pulmões que sim, que me sentia justamente abandonada, ambos gritamos, e quando desliguei estávamos rosnando um para o outro como cachorros raivosos.

Toquei a campainha de Anita depois do jantar, a primeira a vir ao meu encontro foi a mulher com a engraçada permanente emaranhada, boa-noite, apresentou-se, o meu nome é Parodi e moro no apartamento embaixo do seu, devo reconhecer com prazer que a senhora não faz barulho, evidentemente não costuma andar de tamancos, o que é uma grande sorte para mim, pois fique sabendo que com a moradora anterior não dava para ter um só momento de sossego. Aí apontou para a própria cabeça, para aquela cabeleira sofrida, veja, disse com voz queixosa, veja só que desastre, ficou cor de abóbora. Claro, rebateu a outra, que descobri ser a cabeleireira, eu fui muito clara, avisei que era cedo demais para a tintura, mas você nada, a cabeçuda de sempre, quis fazer duas permanentes seguidas.

Já tinha reparado nela também, no bairro, uma mulher de cabelos ralos, muito finos, penteados de um jeito que deixava entrever o couro cabeludo, as pernas magras e as mãos ressequidas estriadas por veias escuras, cheias de manchas que, à primeira vista, pareciam mapas. Tinha uma pequena loja no fim da descida, um buraco escuro e quase sempre vazio, os muros amarelados agredidos pela umidade. Eu já notara, lá dentro, velhas poltronas remendadas, e uma fileira de braços metálicos ao longo da parede com toda uma série de velhos secadores de cabelo, daqueles que já não se encontram mais. Na vitrina despojada, um cartaz escrito à mão, preços imbativeis, sem acento.

Também estava lá a mulher que todos conheciam como *aquela dos gatos*, o verdadeiro nome era Giuditta, mas costumavam chamá-la de tia Giudi. Morava no quarto andar, com nove gatos, ou até mais, pelo que alguns afirmavam, mas de qualquer maneira era a pessoa certa para cuidar de qualquer bicho de estimação, cães, gatos, peixes ou tartarugas, principalmente na hora em que o pessoal saía de férias. Ficava com as chaves e fazia a ronda dos apartamentos, limpava a sujeira, trocava a água, paparicava os bichinhos e até regava as plantas, a pedido. Fazia isto por prazer e para arredondar a modesta aposentadoria. A senhora tem gatos?, foi logo perguntando. Respondi que não, que não tinha, e a mulher fez uma careta perplexa, nem mesmo um cachorro?, quis saber, então. Voltei a dizer que não, e ela olhou para mim com desconfiança. Cada um com seus gostos, resmungou, e afastou-se. Também havia a quitandeira, a contadora aposentada do último andar e a pintora do prédio ao lado, de cabelos ruivos, encaracolados, as mãos cheias de anéis de ouro e longos brincos que lhe emolduravam o rosto. Todas foram cordiais, conversavam animadamente e às vezes chegavam a bater boca umas com as outras, formando grupinhos espalhados pela sala. Eu observava com curiosidade aquela estranha turma de mulheres, a boa vizinhança ainda existia, pensava. Então Anita chamou, vamos lá moças, vamos começar, repetiu em voz alta para ser ouvida, tomem os seus lugares. A sala ficou silenciosa, as luzes se apagaram e a tela branca na parede se iluminou.

Depois disto não se ouviu nem mais um pio.

28

Quando voltei para casa sentia-me estranha. O filme tinha mexido comigo, parecia ter sido feito sob medida, a história de uma mulher à beira de uma crise, com um marido distante e um passado que se tornava cada vez mais presente. Ainda bem que eu já tinha tido a minha crise de nervos alguns meses antes, mas fiquei pensando se não teria de passar por ela de novo para prestar conta da minha vida, se teria de perder-me novamente no nada, e quantas vezes, ainda.

Tinha uma vaga lembrança daquele dia, uma foto desbotada, como se fosse um sonho, mesmo agora tenho dificuldade em lembrar. Para mim é só confusão, uma série de imagens imprecisas, lampejos. Estava andando na rua, disto me lembro, e até lembro onde, ou talvez tenham me contado depois, no centro da cidade, na praça Fontane Marose. Recordo um ônibus, pessoas conversando, a morna aura outonal no rosto, o cheirinho de bolachas recém-saídas do forno, duas moças que passavam ao meu lado, uma delas falando da mãe, e aí mais nada.
 Disseram ter-me encontrado sentada no chão, gaguejava frases sem sentido e chamava incessantemente a minha mãe, chorando. Mesmo no hospital, tudo que lembro é o rosto de uma mulher que perguntava o meu nome, acalme-se, senhora, diga-me onde mora, e aí mais nada, a não ser o medo. Olhava os rostos à minha volta, mas ninguém me explicava o que havia acontecido, e eu dizia, por que vocês não choram?, por que não berram?, e eles mudos, e então aquele grito dentro de mim, um grito que não se acalmava, que me rasgava a alma.

Os dias que se seguiram perderam-se para sempre no esquecimento. Sérgio foi uma das primeiras pessoas que reconheci. O seu sorriso apareceu diante de mim quando acordei, o mais acolhedor que eu jamais vi, apaixonara-me por ele desde o primeiro momento. O seu rosto bonito, com os olhos cinzentos de que tanto gostava, o nariz saliente, as maçãs do rosto enxutas, estava ali e serenou-me, embora não conseguisse esconder a sua preocupação.

Ficou muitas vezes ao lado da minha cama, naqueles longos dias no hospital marcados pelas visitas dos médicos, pelas ampolas de soro, pelas terapias e as refeições. Falava com doçura, não tenha medo, repetia, fique tranquila, vai ficar tudo bem, e eu não fazia outra coisa a não ser dormir, angustiada por sonhos aflitivos e por um cheiro de morte que me perseguia. Apareceu um médico, um figurão, que falou em cisão, em desmoronamento, em depressão, e eu só entendia parcialmente as suas palavras, aturdida pelos remédios que mantinham sob controle cada área do meu cérebro. A prima Irene trazia-me iguarias de toda espécie, você está magra demais, parecia que já estava sentindo dentro de mim, dizia com expressão séria e dedicada, de alguns meses para cá você se movia como um fantasma, e todo esse trabalho frenético, doida, você agia realmente como uma louca. E eu comia tudo, acenava que sim com a cabeça, não queria dar trabalho, não queria que se incomodassem por minha causa. Na verdade, o que eu queria mesmo era ficar em paz, sozinha. À noite, quando iam embora, sentia-me um tanto aliviada. Sentia-me segura, naquela espécie de limbo, podia finalmente descansar.

Chega de pensar, disse para mim mesma.

Era quase meia-noite, estava envolvida por uma pacata calmaria, só desejava ir para a cama e dormir profundamente, ia tomar um sonífero, isto mesmo, por que não? Uma noite sem sonhos não podia fazer mal. Passei rapidamente no escritório para desligar o computador e, no escuro, olhei pela janela. Lá estava ela, a mulher gorda, que, como de costume, passava roupas, o rosto como sempre acalorado, mergulhado nas nuvens de vapor que saíam da placa metálica. Sentei na poltrona e me perdi nos seus movimentos, pareciam-me raivosos, quase violentos. Pegava as peças e esticava-as com absurda energia, golpeando tão forte a tábua com o ferro que o barulho chegava até mim. Na mesa ao lado havia uma pilha de roupa já dobrada, já estava acabando, a mulher gorda, achei que dali a pouco ela também iria dormir, mergulhando nos cobertores como todas as pessoas normais, naquela hora. Podia ver a cesta, estava praticamente vazia. Logo que terminou, no entanto, a mulher gorda deu uma olhada no relógio pendurado na parede da cozinha.

E fez uma coisa que me deixou perturbada.

Pegou a roupa passada e jogou-a para o ar, os panos esvoaçaram como gaivotas, espalhou-os pela cozinha e pareceu rir, brincar, continuava a jogá-los para todos os lados e dançava, saltitava como que acompanhando uma música frenética.

Aproximei-me da janela e a abri. Apoiei-me na sacada. No fim daquela dança adoidada, a mulher ficou por alguns minutos sentada, exausta, de cabeça baixa, as mãos entre os joelhos, visivelmente ofegante. Catou toda camiseta, toda fronha, todo lençol, todo maldito pano e jogou tudo de volta na cesta, para então recomeçar a passar tudo de novo, uma peça depois da outra, e dobrá-la, só que com mais calma, desta vez, e empilhá-la no devido lugar, na mesa.

Empurrei a poltrona até a janela e fiquei a observar, de olhos fixos, incapaz de tirá-los dela. Fiquei olhando por um bom tempo, até as três da madrugada, acho, até finalmente adormecer, vencida pelo cansaço e pelo frio, encolhida na poltrona.

Em certa altura, não sei exatamente a hora, abri os olhos e vi que a luz da cozinha dela estava apagada.

A mulher gorda também tinha ido dormir, finalmente.

29

Fazia muito tempo que não se via um março tão morno, quase parecia que estávamos no fim da primavera. Apesar da noite quase insone, já estava no escritório havia duas horas, naquela manhã. Levantara bem cedo, nervosa, quase irritada, veja só o tempo que perco, dissera a mim mesma, mas agora chega, está na hora de arregaçar as mangas, dane-se o resto, só há eu, o livro e nada mais no mundo. Escrevia compenetrada, mas a duras penas, gostava da história mas ela não me satisfazia, parecia desprovida de alma, e isto me deixava aflita. Comecei a desenhar com o lápis numa folha de papel, costumava fazer isto, traçava garatujas e pensava.

A escrita, assim como a leitura, sempre fora um lugar precioso onde refugiar-me, onde aceitar e sentir a minha solidão, o único espaço onde deixava de resistir-lhe, talvez até mesmo de sofrer com a sua presença: só ali podia encontrar cara a cara o vazio que tinha dentro de mim e enfrentá-lo sem incomodar ninguém.

Às vezes, no entanto, era como se a escrita segurasse a minha mão, para então levar-me, naqueles momentos maravilhosos, a lugares totalmente diferentes para conhecer uma alegria e um estupor que de outra forma jamais poderia experimentar. Quando me colocava em contato com o mundo, tornava-se para mim necessário tomar emprestadas vidas alheias e partes da minha, para satisfazer a precisão de contar, de viver e suscitar emoções. Nem sempre é fácil. Às vezes corre-se o risco de banalizar, de perder-se em detalhes de forma obsessiva e deixar de contar outros importantes. E, de fato, mais tarde é preciso refrear os primeiros arrebatamentos para dedicar-se ao minucioso trabalho do marceneiro, lixar, cortar aqui e ali, polir, aplainar as conversas vazias. Refazer tudo, se for necessário.

* * *

A campainha tocou, bufei, tamborilando com o lápis na mesa. Tentei ignorar, tinha desligado os telefones, isolara-me, queria ficar em paz, ora essa. Mas a campainha voltou a tocar, uma, duas, três vezes, e portanto me levantei, muito a contragosto, olhei o relógio. Já eram onze horas.

Abri a porta e dei de cara com Anna. Olhava para mim com uma expressão mais sombria do que de costume, e na mesma hora senti-me encostada na parede. De repente fui vencida pelo cansaço, um cansaço insuportável, por toda aquela dor que caía em cima de mim sem pedir licença. Tive vontade de dizer que estava de saída, que não tinha tempo, que me deixasse em paz, ela, a mãe, o marido, o padre, a mulher gorda e os problemas deles todos. Tinha vontade e necessidade de alguma leveza, pois, afinal de contas, acho até que eu merecia.

Diante do meu silêncio, Anna olhou em volta meio perdida.

Meu marido está fora, a trabalho, não vai voltar antes de dois dias, a minha mãe está em casa, gripada, Alice saiu com uma excursão da escola e Tommaso foi à casa de um amiguinho, só vão voltar à noite.

Falou de um só fôlego, tentando sorrir, torturava as mãos magras, torcia-as com gestos nervosos alisando a saia. Reparei que estava mais arrumada do que de costume, bem penteada, com uma camiseta rosa e uma saia simples mas graciosa.

Pois é, disse sem jeito, desculpe incomodar, mas queria perguntar-lhe uma coisa.

Suspirei.

Faz favor, vamos entrando, respondi séria, e fomos ao escritório.

Bonito, disse Anna, tão luminoso.

Não posso me queixar, comentei neutra. O que queria saber?

Anna baixou os olhos, parecia uma aluna sendo interrogada. De repente mudou de atitude.

A senhora acredita em Deus?, perguntou à queima-roupa.

A pergunta pegou-me desprevenida.

Às vezes acho que não acredito, falei procurando ser sincera, mas não creio estar em condições de excluir coisa alguma.

Hum.

Gostaria de oferecer-lhe alguma certeza, mas como pode ver, eu mesma não tenho.

O fato é que já espero há muito tempo que Deus faça alguma coisa, eu acredito, tenho fé, foi o que me ensinaram desde pequena, mas agora estou furiosa.

Que isto lhe sirva de consolo, se por acaso eu encontrasse esse Deus de férias em algum lugar, seria a primeira a pedir-lhe umas explicações.

Sentei pertinho, ao lado dela.

A senhora deve me achar uma boba, disse.

Nem um pouco.

Não sei se terei a força de fazer o que deveria.

Conceda-se algum tempo, e confiança.

Todos esperam alguma coisa de mim, e sempre fiz o possível para não decepcioná-los. Mas agora me dou conta de que deveria fazer algo por mim e pelos meus filhos.

Segurei suas mãos e ela não se retraiu.

Por que está com medo de denunciá-lo?

Hesitou, seus olhos negros moviam-se rápido, quase em busca de ajuda.

O que seria de mim sem ele? Eu não sou nada, sou uma fracassada, não trabalho, não tenho dinheiro, sou um zero à esquerda.

Quem quer convencê-la disto é ele. E, ao que parece, está conseguindo.

A expressão dela mudou, ficou pálida, com os olhos úmidos de lágrimas, a boca torcida de amargura.

Anna, você é mais forte do que pensa, falei passando com naturalidade para o "você".

Como pode saber?, perguntou fitando-me fixamente.

Eu sei.

Mas como?

Porque eu, no seu lugar, já teria morrido.

Custei a pronunciar estas palavras, tinha a garganta seca, a boca sem saliva, e logo me arrependi de ter falado. Anna emitiu uma espécie de grunhido, as lágrimas até então contidas agora jorravam fartas, soluçava, a cabeça apoiada no meu peito. Eu acariciava seus cabelos, afagava-a, ela apertava as minhas pernas e continuava a chorar, chore, Anna, chore, eu lhe dizia, mas fique tranquila, não vou deixá-la sozinha, se quiser minha ajuda é só pedir, não sei como, mas farei o possível, eu prometo.

Ficamos daquele jeito por um bom tempo, doloridas e abraçadas, então Anna enxugou o rosto, sorriu para mim. Terá de ser devagar, aos poucos, disse receosa, claro, eu respondi, como quiser, um passo de cada vez.

Dava-me conta do seu medo, percebia a sua dor grudada na minha pele. Haviam conseguido deixá-la aos pedaços, e recompor as peças não seria certamente uma tarefa simples. O minucioso trabalho de aviltamento diário, um tiquinho de bosta hoje, mais um pouco amanhã, todos os dias, e depois as surras, os insultos haviam-na deixado naquelas condições.

Encolhida na poltrona, parecia um vestido jogado ali, sem vida.

Percebi, horrorizada, que estava me aventurando com ela por caminhos já percorridos, cheios de sofrimento. Comigo e com a minha mãe, o demônio tinha vencido, e tudo saíra de controle, tudo se perdera. Talvez eu fosse louca, pensando que poderia ajudá-la, pois estava mais amedrontada que ela, mas mesmo assim ouvia a minha voz que a consolava, oferecendo o meu apoio e a minha amizade. Afinal de contas, é assim mesmo que nós, seres humanos, principalmente as mulheres, somos feitos. Como animais, seguimos o nosso instinto e só pedimos ajuda a alguém que já andou por aquelas bandas e que delas guardou o cheiro.

Quer dizer, Anna me tinha cheirado, e escolhido.

Ofereci-lhe um chá com biscoitos, ficamos umas duas horas no escritório, conversando, perguntei da sua irmã, mas ela amuou-se e mudou de assunto. Compreendi que queria descansar, distrair-se, falar de banalidades como amiúde acontece entre pessoas comuns, entre amigas, descobri que gostava de cinema e que de vez em quando escapava do controle do marido e da mãe, ia ver um filme às escondidas. Falamos de outras coisas, amenidades, sabíamos que era preciso, naquele momento. Convidei-a a comer alguma coisa na cozinha, mas ela disse que não, gosto muito deste aposento, é o mais bonito de todos, dizia, de forma que ficamos no escritório, ela na poltrona e eu na cadeira, até o começo da tarde.

De repente ouvimos um barulho do lado de fora, uma janela batendo, alguma coisa vaga, não lembro exatamente. Ambas viramos a cabeça e vimos a mulher gorda na sua varandinha.

Veja, o que está fazendo?, disse Anna.

Levantamo-nos, aproximamo-nos da janela que escancarei. A mulher gorda segurava o seu banquinho, o alto e estreito que usava para alcançar as prateleiras de cima da cozinha, e estava ajeitando-o no pequeno terraço, andava em volta dele como se estivesse procurando a posição correta. O que está fazendo?, repetiu Anna, só espero que não tencione limpar os vidros, é perigoso.

Ficamos olhando sem dar um pio. A mulher gorda passou a mão no rosto, enxugando o suor, aí curvou-se, segurou a bainha do vestido cor areia e levantou-o lentamente, até passá-lo por cima da cabeça, despiu-o e ficou de calcinha e sutiã, com aquela sua figura corpulenta e flácida, a barriga saliente, os seios caídos, tirou a borboleta roxa soltando os cabelos loiros, sacudiu várias vezes a cabeça, que no sol parecia brilhar como ouro, jogou o prendedor para longe, e aí, com força e equilíbrio, subiu no banquinho. Ficou por um instante empertigada, as pernas esticadas, na ponta dos pés, os braços erguidos. Olhava diante de si e por um instante os nossos olhares se cruzaram. Sorria.

Não sei qual de nós duas gritou primeiro.

Foi como uma rajada de vento.

A mulher gorda tinha dado o mais lindo mergulho da sua vida.

SEGUNDA PARTE

Você nem precisa de um início, para começar, pode até fazer como os índios, caminhar cancelando o começo a cada passo.

ENRICO TESTA,
Páscoa de neve

1

O que aconteceu foi como um terremoto que, depois, não deixa mais coisa alguma como antes. Ainda me parecia estar vendo a cara dela, séria e distante, e a lembrança tirava o meu sossego.

Depois de umas poucas horas apareceu a polícia, tocaram a campainha de todos os inquilinos do prédio, um por um, fazendo perguntas. Eu fui procurada sem demora, pois havia sido uma das primeiras pessoas a chamá-los, mas descobri que muitos outros haviam assistido ao fato, da rua ou de outras janelas. Foram discretos, relutavam em entrar. Levei-os ao escritório, caminhavam desajeitados em seus uniformes, contei o que vira, respondi a suas perguntas, disse que não, não havia ninguém com ela, que estava sozinha na pequena varanda que dava para o morro. Pediram o meu comparecimento, na manhã seguinte, para deixar por escrito o meu testemunho na delegacia. Eu disse tudo bem. Quando me perguntaram se havia mais alguém comigo, hesitei, aí respondi que sim, eu estava com a minha vizinha que viera tomar chá, eles olharam no aposento, repararam no bule e nas xícaras em cima da escrivaninha, notaram o prato com os biscoitos, a água e os copos, um pedaço de bolo, perguntaram quem era e eu disse, mas fiquei com receio. Por favor, eu disse, não a pressionem demais com as perguntas, está muito abalada.

Quando abriu, Anna ficou estática, como uma estátua de gelo. Não os convidou a entrar, disse, por favor, as crianças, relatou apressadamente o que eu já tinha contado. Estava confusa, agitada, mas tentava não deixar transparecer qualquer emoção, aí disse, queiram desculpar, agora tenho de ir. Vi os seus olhos através da fenda, antes de a porta se fechar, mas eles não me procuravam.

Tinha ficado petrificada. Depois do berro colocara a mão na boca, e ficou tão branca que cheguei a pensar que fosse desmaiar bem ali, aos meus pés. Eu também fiquei sei lá por quanto tempo imóvel, mas ao perceber as lastimáveis condições de Anna, acabei encontrando força de reagir e de empurrá-la suavemente de volta à poltrona.

    Vamos, sente-se.
    Nossa senhora, santa mãe do céu.
    Procure se acalmar.
    Nossa senhora, santa mãe do céu.
    Tome um copo de água, beba.
    Nossa senhora, santa mãe do céu.
    Fique aqui, não se mexa. Vou chamar a polícia.
    Nossa senhora, santa mãe do céu.

Eu tremia, nem sei como consegui alcançar o telefone, disquei o número, disse boa-tarde, o meu nome é Margarida, uma mulher acaba de se jogar da varandinha da casa dela, como?, sim, Margarida Malinverni, isso mesmo, pulou da varanda, claro que tenho certeza, vi pela janela, moro na rua tal, não sei de que andar, um, dois, três, isso, do terceiro, como o meu, bem em frente, o nome da mulher?, não, não sei dizer, aliás sim. Bassi, é o nome dela, Ermínia Bassi, pois é, na rua tal, desculpe, preciso desligar.
    Cortei a ligação, reparei lágrimas que corriam pelos meus dedos, nem tinha percebido que estava chorando.
    Voltei ao escritório, Anna tinha vomitado no assoalho e estava ali, olhando atônita para o próprio vômito e repetindo baixinho as mesmas palavras, nossa senhora santa mãe do céu. Sacudi-a, Anna, agora precisa se acalmar, gritei, mas ela parecia abobalhada,

segurei pelos ombros, fale comigo, Anna, e foi então que soltou aquele berro esganiçado, como de alguém que tenta deixá-lo sair mas não consegue. As veias do seu pescoço pareciam arbustos, os olhos esbugalhados, duas bolas salientes. Abracei-a com força, apertamo-nos com desespero, aí ela encolheu-se na poltrona e chorou. Chorou pela mulher gorda e talvez por si mesma, percebi até que ponto estava assustada, e eu também fiquei com medo. Limpei o vômito, ela recobrou-se e quis ajudar, desculpe, disse, não foi nada, respondi, mas deixei que me auxiliasse. Continuou a esfregar o chão mesmo depois de já estar limpo, agora chega Anna, falei para ela, já são quase cinco horas, daqui a pouco vão trazer Tommaso de volta, está bem, ela respondeu, vou voltar para casa, mas ficou mais um tempinho sentada. Então, cambaleando, dirigiu-se à porta, daqui a pouco irei vê-la, eu disse, chame-me se precisar de alguma coisa.

Debrucei-me na janela e olhei para baixo. O sol acabava de se pôr, as luzes da ambulância e dos carros da polícia feriam os olhos. Um grupo de pessoas formara-se em volta, comentavam em voz baixa, acenavam que não com a cabeça, algumas mulheres rezavam, o padre também estava lá.

E no meio, na rua que ia ficando escura, o grande lençol branco parecia uma mancha de luz.

2

Aqui está, Ermínia Bassi, veja só como era bonita.

Era um velho jornal, de muitos anos antes, Renata mostrava para mim enquanto Anita continuava calada, engolida pelo sofá, os ombros curvos, as pernas cruzadas, segurando um pequeno cálice de licor, fumando um cigarro depois do outro.

Já não falava com ninguém havia muito tempo, dizia Renata. Dois anos atrás uns jornalistas vieram procurá-la, mas ela escorraçou-os sem meias palavras, disse que estavam enganados, que Ermínia Bassi tinha morrido. Certo dia, no entanto, limpando o porão, encontrei o jornal e o mostrei a Anita. Não sabíamos quem era, parece impossível, olhe.

Alta, esbelta, no pódio de braços levantados, a medalha de ouro pendurada no pescoço, mal dava para reconhecê-la.

Sofreu um acidente, um problema nas costas, continuou Renata, aí ficou com o treinador, se casaram. Ele, no entanto, não demorou a deixá-la, e então ela casou de novo, com um rapaz que trabalhava nos estaleiros. Mudaram-se para cá e tiveram três filhos, mas ela ficou doente, um câncer, acho. Quando se recobrou, já não era a mesma. Nos primeiros tempos, antes de adoecer, era diferente, tinha um ar melancólico, mas ainda sorria, e gostava de parar para conversar. Depois, mais nada.

Anita continuava em silêncio, fumando nervosamente. Até que em certa altura rosnou, a voz cheia de ódio que nem parecia a dela, o que aconteceu é culpa de todos, culpa da sua família, das pessoas que a conheciam, culpa nossa também. É assim que desperdiçamos as vidas, sem fazer nada, porque cada um de nós só pensa na própria vida, nas próprias pequenas guerras cotidianas. Mas acontece que estamos sozinhos, e ela estava mais sozinha que todos.

Levantou-se do sofá, meio trôpega, e de repente parecia envelhecida, desculpem, acho melhor ir embora, antes de acabar me metendo num dos meus costumeiros delírios senis, disse. Dirigiu-se à porta arrastando os pés, como se estivesse usando um par de enormes chinelas, e foi embora sem se despedir. Só Renata, que foi com ela, acenou com a mão.

Pensei em Anna, achei que talvez fosse bom ligar para ela, mas aí cheguei à conclusão de que era uma tolice telefonar a alguém que morava ao lado, então saí de casa e toquei a campainha. Ninguém atendeu, tentei de novo, talvez estejam dormindo, disse para mim mesma para tranquilizar-me, mas eram somente nove e meia da noite e voltei a tocar, preocupada.

A porta se abriu e apareceu Tommaso, metido num pijama de listras brancas e azuis.

Oi, disse.
Olá. A mamãe está?
Está, mas diz estar cansada.
Entendo. Tudo bem com ela?
Diz que sim, mas está muito cansada.
E você?, você está bem?
Passei o dia brincando.
Que bom. E Alice, também está bem?
Tudo bem, mas também está cansada.
Diga à mamãe que voltarei amanhã.
Está bem, tchau.

E a porta fechou-se na minha cara.

3

A noite chegou. Meti-me na cama pelo menos cinco ou seis vezes, mas não conseguia ficar embaixo dos cobertores. Ouvia um barulho e me levantava, ia ver o que era e aí voltava. Do quarto de Anna não chegava ruído algum, talvez, ao contrário de mim, ela tivesse conseguido pegar no sono, era o que eu lhe desejava. Continuei a levantar aflita e irrequieta, apaguei realmente a luz?, desliguei o gás?, tranquei a porta de casa? Estava agitada, ansiosa, e acabei voltando ao escritório. Fiquei olhando para a varandinha do prédio em frente, no escuro, as janelas estavam fechadas, não havia ninguém. Renata dissera que haviam chegado alguns parentes, que haviam levado embora o marido e os filhos, não era bom ficarem no apartamento, pelo menos naquela noite, foi o que a Renata dissera.

Quando o interfone tocou, os meus nervos abalados fizeram-me pular como um gafanhoto. Quem podia ser às três horas da manhã? Por um momento pensei em Sérgio, talvez tivesse decidido fazer-me uma surpresa, corri à porta com o coração pulando no peito e pendurei-me no fone, quem é?, falei.

Você está bem, Margarida?

Era a voz de Antônio.

O que deu em você? O que está fazendo aí a esta hora?

Desculpe. Tentei ligar várias vezes.

Suba, então. Suba um momento.

Olhei para a mesa, vi o fone do aparelho imperfeitamente apoiado no telefone, lembrei que tinha desligado o celular. Ajeitei as coisas, abri a porta e esperei.

Antônio logo apareceu, subia as escadas na ponta dos pés para não fazer barulho, o capacete entre as mãos, o rosto tenso.

    Você está bem?, perguntou de novo.
    Mais ou menos.
    Ouvi no rádio. E está no jornal. Este aqui acaba de sair.
    Mostrou um exemplar do diário local.
    Leia, diz que foi você a avisar a polícia.
    Eu e muitos outros.
    Acredito, mas só mencionam o seu nome. Veja.
    Isto é uma loucura, não falei com ninguém a não ser com dois policiais.
    Mesmo assim...
    Não dá para acreditar.

Havia a foto da mulher gorda e, ao lado, o retrato dela ainda jovem, da Ermínia Bassi que ganhava medalhas nas olimpíadas. E era verdade, também havia o meu nome na matéria. Ainda bem que não mencionavam Anna. Suspirei, cansada.

    Chamei um montão de vezes. Decidi passar por aqui. Fiquei algum tempo esperando, vi as luzes que se acendiam e apagavam.
    Antônio mostrava-se um tanto constrangido, continuava a se justificar.
    Não estava conseguindo dormir, expliquei.
    Posso imaginar.
    Entre, vamos sentar no sofá, estou muito cansada.
    Não quero incomodar.
    Não está incomodando, ao contrário.

Estava preocupado com você.
Obrigada.
Sentamos um ao lado do outro, espichei as pernas num banquinho, ele fez o mesmo.
Como está se sentindo, de verdade?
Mal, mas aquela mulher estava pior.

Antônio passou o braço em volta dos meus ombros, eu apoiei a cabeça no seu peito e ficamos assim, sem falar, não sei por quanto tempo.
Até eu adormecer.

4

Na manhã seguinte estava enrolada numa manta e Antônio já tinha saído.

Levantei, entrei no chuveiro, sentia-me ainda mais fraca que na noite anterior. Dei uma olhada no relógio e me vesti, tinha de comparecer na delegacia, estava ficando tarde.

Pensei mais uma vez em Anna, talvez ela já tivesse ido assinar o boletim de ocorrência, ou talvez ainda estivesse em casa, poderíamos ir juntas, os meninos já deviam ter saído, nesta altura, o marido não estava e esperava que a horrorosa mãe dela ainda estivesse de cama com a sua maldita febre. Mas estava errada, pois quem abriu a porta foi ela.

O que quer?, disse logo, agressivamente.

Gostaria de falar com a sua filha.

Ela está ocupada.

Está bem, vou esperar.

Falei decidida, fitando-a fixamente nos olhos, do mesmo jeito dela.

Onde?

Aqui mesmo.

A mulher bufou.

A senhora só cria encrenca, disse.

Vou esperar aqui, repeti, sem tomar conhecimento do que ela falara.

Vou chamá-la. Mas estou avisando, deixe-a em paz, pois do contrário terá de se ver comigo.

Não duvido.

* * *

Afastou-se, sem deixar de bater primeiro a porta na minha cara. Esperei por alguns minutos, então ouvi passos aveludados, frases murmuradas, até ela aparecer.

Bom-dia, Anna.
Olá.
Só queria saber como você estava.
Pois é, já me viu, estou bem. E preciso desculpar-me com a senhora.
Por quê?
Por ser feita deste jeito. Às vezes sou frágil e insegura e então acabo transformando qualquer coisa num drama. Desabafo meus bobos temores com qualquer um, como fiz com a senhora.
Suspirei, procurei uma brecha.
Ontem conversamos, está lembrada? Acho que estávamos nos tratando por você.

Ficou toda vermelha, a sua pele clara ficou cheia de manchas rubras, as mãos magras que se mexiam irrequietas não encontravam um lugar onde ficar.

Acho que não me expliquei direito, pedi desculpas.
Desculpas de quê?
Já lhe disse que ontem não estava bem. Hoje, no entanto, estou muito bem, como pode ver, e lhe garanto que não voltarei a importuná-la. Espero que a senhora faça o mesmo.

Falou em voz alta, talvez para que a mãe ouvisse, mas o tom era irritado. Estava claro que tinha raiva de mim. Respirei fundo.

Você precisa de ajuda.
Talvez de um médico, pode ser. Mas, de qualquer maneira, a minha mãe está aqui.

Espere, Anna, não feche.

Deixe-me em paz, por favor.

A sua voz não passava de um sussurro, os olhos conformados e cheios de desespero.

Fiquei sozinha no patamar, nas escadas silenciosas, a olhar a porta fechada. Percebia-se ao longe o grasnar de um rádio mal sintonizado, e o cheiro de manjericão do *pesto*.

5

Muito bem, a senhora é?
Margarida Malinverni.
Ah, sim, a senhora Malinverni. Aqui está tudo aquilo de que precisamos. Não vai demorar.

O funcionário do outro lado da mesa parecia ser o delegado, era um sujeito de uns cinquenta anos, de rosto bexiguento e marcado por duas profundas olheiras. Revirava nas mãos um montão de papéis sem encontrar, ao que parecia, o que procurava, até abrir-se num sorriso satisfeito e dizer, pronto, é isto. Escreva tudo direitinho, Morando, disse a um jovem de uniforme sentado diante de um computador.

Pois bem, madame Malinverni, conte-me direitinho o que viu.
Já contei tudo ontem ao seu colega.
Eu sei, mas precisa contar de novo a mim, é para o magistrado. A senhora estava em casa com a sua vizinha, a tal de Armandi.
Isso mesmo.
E então?
Estava na janela, deviam ser mais ou menos quatro da tarde, não sei dizer com certeza, e vi a mulher galgar aquela espécie de poleiro, um banquinho alto e estreito, e aí olhar para a frente antes de dar o mergulho.
O mergulho.

Isso mesmo, um mergulho em carpada.
Tem certeza de que foi em carpada?
Acho que sim.
Como pode afirmar isto?
Ora, esticou as pernas, levantou voo para então flexionar o corpo na cintura antes de cair a pique como uma pedra.
De cabeça?
Por favor, acho que foi de cabeça, mas, afinal, os saltos ornamentais não são a minha especialidade.
Sim, entendo. Desculpe, mas é necessário.
Tudo bem.
E como se apresentava a mulher? Ontem a senhora disse que estava de calcinha e sutiã.
Isso mesmo.
Quer dizer que antes tirou alguma coisa, um vestido, ou pode afirmar que ela costumava andar de calcinha e sutiã?
Tirou o vestido. E os chinelos. Sempre usava um vestido cor de areia, quando estava em casa.
E como é que a senhora sabe?
Podia vê-la pela janela. Fazia tudo com aquele vestido.
Tudo?
Quer dizer, preparava a comida, limpava a casa, passava a roupa.
Entendo.
Hum.
Mas a senhora, por que a observava?
Sei lá, só que podia vê-la do meu escritório. Ficava bem diante da minha janela.
E a observava todos os dias.
Não sei ao certo, mas creio que sim, em algum momento sempre aparecia enquanto estava sentada à minha mesa. Mas também a vi na rua, no supermercado.

Entendo.
Pois é.
E a conhecia bem, esta Bassi, falou com ela?
Não, só de vista.
Já esteve na casa dela?
Não, já lhe disse, só a conhecia de vista.
Mas sabia o nome dela.
Claro, muitos sabiam, no bairro, devido às...
Sim, claro, devido às olimpíadas.
Isso.
E o que fez, então, a mulher?
Quando?
De tarde, mais ou menos às quatro, conforme o seu testemunho.
Eu já disse, tirou o vestido, soltou o cabelo, subiu naquele troço e pulou.
Que troço?
O banquinho alto e estreito.
E a senhora pôde ver o rosto dela?
Pude, sim.
Ela estava sozinha?
Sozinha.
Tem certeza?
Absoluta.
Quer dizer que não há responsáveis, nenhuma sombra atrás dela, ninguém para empurrá-la.
Não havia nenhuma outra presença física.
...
E vocês, quer dizer, a senhora e a sua vizinha, o que fizeram? Não tentaram chamá-la, detê-la?
Não deu tempo. Eu não pensei, isto é, quando me dei conta do que estava fazendo, já era tarde.

Entendo, entendo.
Posso ir, agora?
Só mais uma pergunta, desculpe.
Diga.
Quando olhou para ela, qual era a expressão da mulher?
...
Entendeu a pergunta?
Entendi.
E então?
Sorria.
Sorria?
Isto mesmo, sorria.
Tem certeza?
Tenho.
Escreveu tudo, Morando? Na hora de pular, a mulher sorria.
Está tudo aqui, delegado.
Muito bem. Mas madame, a senhora está muito pálida.
Desculpe, não estou me sentindo bem.
Entendo. Quer um copo de água? Morando, traga um copo de água para a senhora.
Obrigada.
Está melhor?
Estou.
Morando, imprima o depoimento e traga para cá.
É pra já.
Agora leia tudo e assine, por favor.
Onde?
Aqui embaixo.
Posso ir agora?
Pode, pode ir madame. Acho que não esquecemos nada.

6

A prima Irene apareceu naquela mesma tarde, a expressão condoída de boa samaritana, mas veja só o que tinha de acontecer, era só o que faltava, disse com tom preocupado. É incrível, primeiro o hospital, depois a mudança, e aquele bendito homem que nunca está por perto, será que agora você vai bater pino como da outra vez? Não, francamente espero que não, pois do contrário teremos de começar tudo de novo, quer dizer, de que adiantaram os remédios e esta espécie de repouso forçado, e os conselhos dos médicos, e os meus? Você nunca para de deixar-me preocupada, está com uma aparência horrorosa, como está se sentindo?

Engoli, acalmei-a, estou bem, pode ficar tranquila, não houve nada comigo, só com aquela pobre coitada. Tudo bem, eu sei, mas isto não quer dizer nada, você estava ali, viu tudo. Falou num tom que me pegou desprevenida, sem qualquer emoção, sem piedade por aquela mulher, para ela parecia ser apenas uma chateação. Tive vontade de esbofeteá-la, mas, em lugar disto, eu disse, por favor, prefiro não falar no assunto.

Mas estava certa, a prima Irene, eu não estava nem um pouco bem, embora fosse melhor não contar a ela. O que eu realmente queria, naquele momento, era que fosse embora logo, que me deixasse em paz. Não estava minimamente a fim de tê-la por perto, com seus conselhos baratos, com seus remédios florais de Bach, as suas essências e os seus arrotos. Queria ficar no meu canto, cuidando da minha vida. Sentia um aperto no estômago que nada tinha a ver com fome, e diante de mim continuava vendo a mulher corpulenta, o seu corpanzil gordo que pulava no vazio, e o rosto definhado e apagado de Anna. Procurava não pensar no que aconteceria no dia seguinte, e depois, tentava simplesmente não pensar, mas não era possível.

Tinha falado pelo telefone com Sérgio, mas nada lhe contara, o que se pode dizer a alguém que está a mais de cinco mil quilômetros, de três mil e cem milhas de distância?, e estes números, no fundo, eram meros detalhes, porque naquele momento nós estávamos separados por anos-luz, e não podia ser de outra forma. Fiquei ouvindo as suas histórias e aí disse que estava tudo bem comigo, às mil maravilhas, que estava escrevendo, que ia passar alguns dias em Pavia. Que o tempo estava muito bom, parecia primavera.

Pelo menos isto era verdade.

Tinha de sair daquele buraco negro, e tinha de fazê-lo o mais depressa possível. Afastar-me dali só podia fazer-me bem, mesmo que fosse só por um dia. Sei lá, podia ficar para jantar, depois da palestra, e pegar o trem logo a seguir, estaria novamente em casa naquela mesma noite. Ou então não, pensei, talvez fosse até bom dormir fora, passar algum tempo com pessoas que não conhecia podia ser uma boa oportunidade para me distrair. E no dia seguinte poderia passear pela cidade, encontrar Ângela e desfrutar da sua calma despreocupação. Poderia até dar uma passada na tia Rita, por que não?, pensei.

De qualquer maneira, decidi ir com você.

A prima Irene falou de repente, brindando-me com um sorriso que pretendia ser tranquilizador.

Aonde?
A Pavia.
Quando?
Amanhã. Não é que fique dando pulos de felicidade, mas, sabe como é, não posso certamente deixá-la viajar sozinha nessas condições.

Arrotou e pediu desculpas.

Em que condições?

Ora, já se olhou no espelho?

Ora, é muito gentil da sua parte, mas não é preciso.

Mas se você mesma me pediu, alguns dias atrás.

É verdade. Mas foi antes.

Antes? Antes do quê?

Queria dizer... Não sei o que eu queria dizer.

Então estamos combinadas. Vamos de trem. Já comprei as passagens.

Que passagens?

As nossas. Ida e volta. Saímos às oito e dezenove minutos da manhã e às sete e meia da noite estamos de volta em Gênova.

Para dizer a verdade, estava pensando em jantar por lá.

Impossível.

E tencionava dormir em Pavia.

Bobagem. Mudar de cama não lhe faz bem. A gente se encontra na estação amanhã, às sete e meia em ponto.

Olhei para ela assustada, e um senso de impotência pareceu formar um nó na minha garganta. Percebia que não tinha forças para enfrentar uma discussão, mas a ideia de a prima Irene me acompanhar deixava-me completamente aterrorizada.

Você tem certeza?, perguntei com um fio de voz.

E como poderia evitar? Como se costuma dizer, você é a minha cruz. Mas não se preocupe, já me organizei. Enquanto você estiver naquela chateação de congresso, eu ficarei quatro horas num instituto de beleza que parece ser fora de série. Marquei hora ainda há pouco.

Esta manhã?, perguntei pasma.

Pois é, logo que soube da pobre coitada, decidi ir com você e visitar o tal instituto.

Entendo.

Às sete e meia em ponto, então, não se esqueça.

Não consegui dizer mais coisa alguma.

Ela saiu alegre e satisfeita como não a via fazia muito tempo.

7

Antes de mais nada, havia o problema de eu adormecer. Desde sempre, que eu me lembre, ir para a cama era para mim o momento mais crítico do dia, o que receava e adiava o máximo possível, e, embora me esforçasse para superá-lo, recorrendo aos mais improváveis estratagemas, não conseguia realmente encontrar uma solução. Todo aquele afã, aliás, a infusão de malva e pilriteiro às nove da noite, a suave música de harpa às dez e meia, os exercícios de respiração às onze, em resumo, todos os inúteis conselhos da prima Irene só conseguiam aumentar a minha ansiedade.

Lembro, por exemplo, o período em que deixava o quarto na penumbra, não no breu total, pois, como dizia a prima Irene, a escuridão absoluta te faz mergulhar no medo primordial, o que aflige os antepassados dos nossos antepassados, mas eu só conseguia ficar com uma raiva feroz; posso entender os antepassados dos antepassados, dizia para mim mesma, que quando olhavam para fora só viam o *escuro além das moitas*, mas que droga, eu tinha diante da janela um lampião gigantesco que, querendo, podia iluminar o meu quarto como o sol do meio-dia. De qualquer maneira, não havia nada a fazer, talvez eu tivesse aquele medo arraigado no meu DNA, e a única chance que tinha de enfrentar a ansiedade era ficar acordada, lutando contra o corpo entorpecido pelo cansaço, toda noite empenhada naquela rotineira e covarde batalha. E quando não me sobrava outra solução a não ser render-me, caminhava indefesa ao longo de um interminável corredor, onde às vezes escorregava, às vezes tropeçava, agitando-me na cama e acordando sobressaltada, para finalmente es-

corregar no ventre morno e líquido do sono. E por algum tempo tudo procedia às mil maravilhas.
Tudo, até a hora de aparecerem os sonhos..

Isto já não acontecia havia algum tempo, para dizer a verdade. Fazia algumas semanas que eu estava melhor, que adormecia sem maiores dificuldades, que de manhã conseguia fazer as coisas sem muito esforço, sem ter de arrastar o meu corpo, de mãos pesadas e com a cabeça cheia de tudo e nada. Dormir quase se tornara um verbo bem-vindo, vou dormir, eu dizia falando comigo mesma, pronunciava estas palavras baixinho, com a mesma satisfação de um general que após inúmeras batalhas diz aos seus homens, muito bem, agora vou dar uma olhada nas terras conquistadas. Porque o sono é um lugar tanto mais agradável de se visitar quanto menos é infestado por fatos dolorosos e lembranças espectrais.

Mas naquela noite, antes da minha viagem a Pavia, esbarrei num dos meus pesadelos mais angustiantes.

Estava andando sozinha ao longo de um dique, em campo aberto, o céu estava limpo, o rio corria pacífico ao meu lado. Olhava para ele e sentia-me segura. Aí de repente, eu as via, duas damas num barco que passava lento, levado pela correnteza. Tinham cabelos longos, usavam lenços vermelhos na cabeça, presos na nuca, como antigamente costumavam fazer as camponesas da minha aldeia, quando eu era menina, e a imagem parecia-me muito agradável. Então eu fiquei parada, a observá-las, e de repente elas se levantaram com um pulo, ficaram de pé, de pernas e braços abertos, continuando ali, com o vento no rosto e nas saias, as bochechas vermelhas, com aqueles lenços engraçados na cabeça, estão lembrados das bonequinhas russas?, pois é, pareciam duas bonecas, e sorriam para mim, e eu também sorria. De súbito, no entanto, o barco começava a balançar de forma assustadora, e as duas mulheres nem tentavam sentar, apoiavam-se uma na outra, mas sem conseguir manter o equilíbrio. Eu tentava avisá-las, gesticulava para elas, levantava e baixava os braços para que tomassem cuidado, procurava dizer-lhes que deviam sentar para não acabar na água, tentava gritar com todas as minhas forças, mas nem um sopro saía da minha boca, só conseguia mexer convulsamente os braços, como uma marionete enlouquecida, cômica e patética.

As mulheres caíram e o rio tornou-se ameaçador, as águas agitadas, cheias de ondas e remoinhos por todo canto, e as mulheres rodavam, suas cabeças eram duas bolas vermelhas e reluzentes, suas mãos mal chegavam a aparecer na água, enquanto eu estava como que paralisada, com meus braços que se haviam tornado pedregulhos. Estava desesperada, pois sabia que não podia ajudá-las. E então a vi. Diante de mim, na outra margem, uma garotinha que assistia à cena, o rosto que não demonstrava emoções enquanto as mulheres sumiam diante dos seus olhos. Assistia impassível àquela macabra comédia e se afastava devagar, deixando o dique para trás. Eu tentava gritar para que a menina avisasse alguém, para que procurasse ajuda, mas os meus lábios se mexiam em vão, nem um fio de voz saía da minha boca, e ela já estava longe, e das duas mulheres não se via nem sombra, a não ser pelos dois lenços vermelhos que boiavam na minha frente. O rio voltara à costumeira calma, levara consigo o barco, as mulheres e tudo mais. Mas não as duas manchas vermelhas, elas continuavam ali.

Acordei gritando, a camisola encharcada de suor, com uma sensação de sufoco que apertava o meu peito.
    É um sonho, só um sonho ruim, dizia para mim mesma.
    Levantei, o despertador na mesinha de cabeceira marcava quatro horas. Fui até a cozinha, tomei um copo de água fresca e fiquei por alguns minutos sentada à mesa, confusa e inerte, de cabeça pesada, o coração acelerado.
    Quando voltei para a cama, não apaguei a luz. Não tinha a menor intenção de adormecer de novo, sentia em mim um medo sutil e traiçoeiro que iria impedir que despertasse dali a poucas

horas para chegar pontualmente ao encontro com Irene. Dormirei um pouco no trem, pensei.

Fiquei deitada de costas, olhando para o teto e remoendo o sonho que acabara de ter, e que com o passar dos minutos se tornava cada vez menos angustiante. Tentei concentrar-me em alguma coisa real.

O primeiro pensamento foi em minha mãe. Vi o rosto dela e quase me pareceu ouvir a sua voz calorosa e jovial.

O segundo foi em Anna. Pensei novamente naquela manhã, quando a ouvi chorar pela primeira vez, através da parede.

No silêncio da noite ouvia-se somente o tique-taque do relógio, e o meu respiro, já mais calmo nesta altura.

8

Umas poucas horas mais tarde acordei espavorida, olhei o relógio na mesinha e percebi que não tinha ouvido o despertador. A prima Irene esperava ao lado dos trilhos impaciente, com o ar de quem não quer conversa, só podia dar nisto, não é?, veja só a hora, faltou pouco para a gente não pegar o trem, vamos lá, ande, que já está saindo, mas será possível que nunca se possa confiar em você?, nem mesmo o café deve ter tomado, olhe só para a sua cara, passou uma água no rosto, pelo menos?

Não reagi, estava sonolenta demais. Depois do pesadelo, tinha conseguido acalmar-me e me entregara a um sono tão pesado que só com muita dificuldade pudera acordar por completo, e ainda nem sabia direito como chegara à estação, se fechara porta e janelas, se desligara a luz. Sentada no trem, ainda ofegante, sentia-me aliviada e preocupada ao mesmo tempo. Por um lado, sentia-me reanimada, quase contente com aquela pequena fuga longe de tudo; por outro, estava aflita por causa de Anna, que ficara sozinha, e de Anita e Renata, que deixara ali, no doloroso abalo da desgraça recém-acontecida, enquanto eu simplesmente dava-lhe as costas e saía pela tangente. Mas talvez estivesse exagerando, como sempre, aliás, o que poderia fazer por elas, afinal? Na certa, saberiam dar um jeito mesmo sem mim, sozinhas.

Ofendida com o meu atraso, a prima Irene mantinha-se calada. Tinha programado um café da manhã tranquilo, antes de partirmos, e agora estava de cara amarrada, num trem onde teria preferido não estar, de rosto colado na janela.

Olhei para ela, esperava que o seu mau humor não demorasse a passar, mas em lugar disto ela caiu no sono, os lábios levemente entreabertos, a respiração que de vez em quando se transformava num curto estertor.

Foi bastante estranho lembrar, voltar àquele episódio, àquela noite longínqua.

Quando Ângela entrou na minha vida, voltei a viver, ou pelo menos a sobreviver. Meus tios ficaram menos apreensivos comigo, agora que eu tinha descoberto a amizade e a cumplicidade de uma coetânea. Havia dias em que até me sentia realizada. Passava um bom tempo com Ângela e, juntas, costumávamos fugir para o rio. A tia Rina tinha expressamente proibido, mas desobedecer àquela regra tornara-se para mim uma questão de princípio. E de qualquer maneira, eu gostava de ir para o rio, com a minha amiga ou sozinha: pela primeira vez, isto me fazia sentir invencível.

O que mais importava era o fato de eu não ser mais forçada a acompanhar Irene nas suas andanças, e agora ela também parecia tolerar melhor a minha presença.

Certa noite, porém, a prima Irene atrasou-se mais que de costume, era domingo, já estava escuro, a tia Rita ficou nervosa e pediu que meu tio fosse procurá-la.

Eu sabia onde poderia ser encontrada, mas nada disse. E quando o tio Cesare pegou o carro para ir até a casa da Big Sílvia, saí de mansinho e corri até o parque onde Irene se encontrava com o Lolli. Fui andando no escuro e procurei por eles, por toda parte, até o outro lado do parque, aquele lugar isolado e sinistro me amedrontava, com aquele velho lampião que soltava uma luz trêmula e espectral. Quando já estava a ponto de voltar, ouvi umas vozes e parei. Segui por uma trilha entre as árvores, avancei entre as moitas e, no fim de uma pequena clareira, de repente os vi. Primeiro ela, a Big Sílvia, com seus peitos grandes e os dentes salientes que todos escarneciam, agachada aos pés de uma árvore, e aí uns rapazes, entre os quais o Lolli que ria despudoradamente, e mais dois que sempre circulavam com ele de motoca, e um homem, um sujeito que eu não conhecia, de bigodes e cabeleira comprida, que também ria e bebia de uma garrafa, e mais outro, grandão, agachado, meio escondido num canto. A sua bunda nua mexia-se rápido, em cima dela que se agitava, esperneava sem gritar, não podia vê-la, nem mesmo o rosto. Um nó apertou a minha garganta, o medo pareceu rachar o meu peito. Mas logo a seguir algo aconteceu dentro de mim, uma espécie de força até então desconhecida avolumou-se, pegou fogo, e comecei a gritar, berrava tio Cesare, tio Cesare, encontrei, estão aqui. Os sujeitos não me viram, mas ouviram perfeitamente, e um deles disse, cale-se, pequena bastarda, e aí, vamos embora, alguém está chegando, rápido, vamos sair daqui. Fugiram, o último a levantar-se corria segurando as calças. Eu fiquei parada e continuei a berrar naquela moita, até a Big Sílvia chegar perto e tocar em mim.

Acabou, foram embora.

A prima Irene permanecia deitada no chão, imóvel, toda arranhada e sangrando no rosto, de joelhos esfolados, lábio rachado. Ajudei-a a levantar-se, mas ela fez sinal para não ser tocada, encaminhou-se pela trilha enquanto a Big Sílvia dizia, eu volto correndo para casa, pois hoje ninguém me livra de uma surra do meu pai, já sei o que espera por mim, e você não conte para ninguém, está entendendo?, repetia, não conte para ninguém, não diga nada, prometa que não vai contar, jure, pois esta é uma coisa que não se pode contar, se não os meus me matam, entendeu?, pense no que aconteceu com a Cesca. Acenei que sim com a cabeça, e ela saiu correndo.

Sentamos num banco, a prima Irene e eu, ela se limpou por cima e por baixo, lavou-se numa fonte como uma calejada prostituta, em silêncio, o rosto de pedra. Achei que talvez tivesse ficado louca, então contei, vim porque o tio saiu à sua procura, mas pode ter certeza, não vou contar a ninguém, pode ficar tranquila, vamos dizer que escorregou e caiu num barranco enquanto voltava para casa. Ela, no entanto, continuava muda e fiquei assustada. Não falei mais nada, só pensei que desejava ver aqueles homens mortos.

E me lembrei da Cesca, uma garota de uma aldeia próxima que certa noite tinha ido à polícia dizendo que fora violentada. Viera até uma advogada, uma mulher de Milão, para cuidar do caso, também houve um processo, todos comentaram e os jornais falaram a respeito. Mas não acabou bem. Ao sujeito que a estuprara limitaram-se a dar uma sonora mas inútil reprimenda, enquanto Cesca passou a ser evitada por todos, diziam que era uma semvergonha, uma que provocava os homens, e, num domingo durante a comunhão, o pároco chegou diante dela com a hóstia, parou, e seguiu em frente. Desde então, ninguém mais viu a Cesca, diziam que os seus pais haviam-na enviado sabe lá aonde para trabalhar.

Muitas coisas mudaram depois daquela noite.

Meus tios estavam muito zangados, mas quando viram Irene emudeceram. Só o tio Cesare fez algumas perguntas, mas poucas, porque a tia Rita não quis saber de nada, seja lá o que for que lhe aconteceu, que lhe sirva de lição. Eu fiquei embasbacada, não esperava aquilo da tia Rita, de nada adiantaram as palavras do tio Cesare, mas Ritinha, espere aí, murmurava, vamos primeiro ouvir o que tem a dizer, não está vendo que bateram nela? Não adiantou, a tia Rita nem quis saber, de agora em diante vai ficar de castigo, não sai mais até acabar o secundário. Irene não se queixou nem tentou se rebelar e, aliás, no fim do período de penitência, ela mesma decidiu não sair mais. Ficava em casa estudando ou ouvindo música e, depois de concluir o curso, disse que queria ir para Gênova, para frequentar a universidade e ficar algum tempo com a irmã do tio, que se mudara para lá com o marido. Os tios concordaram, se assim quisesse, podia ir. Logo que chegou a Gênova, Irene arrumou um bom emprego numa companhia de viagens marítimas, depois de cinco anos encon-

trou Mauro e se casou. Só voltava raramente a Pavia, quem ia visitá-la eram os tios, enquanto o tio Cesare ainda vivia, depois a tia Rita sozinha. Eu fiquei muito tempo sem vê-la, a não ser nos dias sagrados e no casamento, e, mesmo quando também me mudei para Gênova, no começo só nos encontrávamos de vez em quando, e sempre sem mencionar o que acontecera.
Big Sílvia fugiu de casa no fim daquele mesmo ano, diziam que partira para a Índia com um rapaz vindo de fora. Foi mais uma da qual não se soube mais nada.

Aquela noite, no escuro do nosso quarto, Irene perguntou, está acordada?, respondi que sim, que estava acordada, e então ela acendeu a luz e olhou para mim como nunca fizera antes, com desprezo e com raiva, e aí disse, odeio você, sempre odiei, tudo aquilo que me acontece de mal é por sua culpa.

Chorei, no começo, chorei muito, sem entender, mas já sabemos como são estas coisas, o ódio é um daqueles sentimentos que grudam na gente, que de alguma forma contagiam. A partir daquela noite, para mim, Irene passou a ser meramente a prima Irene.

Naquela noite, no entanto, também descobri com clareza a raiva de quem não pode falar, mas sim apenas fantasiar.
De vê-los mortos, por exemplo.

9

Já se haviam passado dois meses desde então, eu completara doze anos e estava mais triste do que nunca. O ambiente, lá em casa, não podia ser pior, Irene adoeceu, teve febre muito alta e o médico disse que tinha pego uma gripe perigosa, que estava fraca e mais anêmica que de costume, devido à anemia que nossas avós, depois de toda uma vida passada nos alagados dos arrozais, tinham-nos deixado como herança. A tia Rita estava aflita, às vezes, à noite, encontrava-a rezando e chorando na cozinha, e o próprio tio Cesare já não era o mesmo. Eu vivia assustada. Quando um carro freava, na rua, perto de mim, saía correndo com o coração a mil por hora. Tinha medo dos homens, de todos a não ser do tio Cesare, e dos rapazes mais velhos que eu, os que sabiam que os vira.

Eles, no entanto, não tinham medo nenhum. Circulavam pela vila com suas motoquinhas, barulhentos e arrogantes, fortes, onipotentes. Eu, ao contrário, sentia-me tão irrelevante quanto um piolho, justamente como me chamavam, e comecei a achar que estavam certos. Às vezes os encontrava fora do colégio, na melhor das hipóteses aproximavam-se e me brindavam com alguns insultos. Mas havia ocasiões em que me empurravam até eu cair. Irene seguia em frente, pelo seu caminho, cabisbaixa, já não falava com ninguém e ninguém lhe dirigia a palavra, só risadinhas, como se todos soubessem, e vai ver que sabiam mesmo.

Naquela época eu frequentava a igreja todos os dias, acendia uma vela e pedia a Deus para fazer justiça, para nos defender de alguma forma, pois se não for Ele a defender as mulheres, então não há mais ninguém. Pensava na Cesca, a da vila ali perto, e

ficava com raiva de Deus, porque não havia certamente feito um bom trabalho com ela. Comecei a desconfiar que a tal história de Deus que defende os fracos fosse apenas uma tremenda mentira, assim como a encenação de Papai Noel. E aí encontrei uma explicação toda minha.
  Disse a mim mesma que Deus devia ser um homem, afinal de contas.

  Ainda bem que havia Ângela, na minha vida, com ela compartilhava os raros momentos de despreocupação. Muitas vezes passava o dia todo na casa dela, uma casa modesta afastada da estrada, afinal meus tios não se importavam, de uns tempos para cá pareciam não se importar com mais nada. Andavam taciturnos, melancólicos, só saíam para ir à igreja aos domingos.
  Na casa dos Garofalo, tinha a impressão de renascer. Pareciam-me tão diferentes de todos os demais, eram alegres, bem barulhentos, viviam cantando e brincando o tempo todo, e, apesar de os irmãos de Ângela serem todos homens, grandalhões e pesados, não me amedrontavam, ao contrário, sentia-me protegida, e na minha cabeça sonhava ser irmã deles, pois fingir ser a irmã caçula da prima Irene nesta altura já era um sonho despedaçado.
  Vez por outra Ângela se queixava dos irmãos. Estão sempre fungando no meu cangote, dizia, não me deixam usar uma saia mais curta, porque a mulher tem de ser respeitada, e quando se mostra demais já não há mais respeito. O dia em que eu tiver um namorado, dizia, não terei mais sossego, já pensou em como eles vão tratá-lo?
  Na casa dos Garofalo, parecia que quem mandava eram os homens, mas não era verdade, quem dava as cartas era dona Carmela, o que ela dizia era lei para todos e ninguém se atrevia a contradizê-la, nem mesmo o marido Salvatore, ainda que de vez em quando desse uns socos na mesa. Dona Carmela era linda, o peito imponente, os longos cabelos pretos e lustrosos. Usava-os sempre presos num coque, mas algumas vezes eu tivera a oportunidade de vê-los soltos nos ombros, e parecera-me uma fada. Ia

fazer faxina na casa de um advogado de Pavia, gente fina, emproada, ela dizia, fazendo uma estranha careta e tocando com o dedo a ponta do nariz. Quando voltava para casa, cozinhava comidas maravilhosas e logo que todos sentavam à mesa servia seus pratos deliciosos, distribuindo sonoros petelecos nas orelhas dos filhos que se atreviam e avançar na comida antes de ela sentar e de o marido fazer o sinal da cruz.
Só depois disto podia-se comer.
Certo dia, após um almoço domingueiro, dona Carmela aproximou-se e acariciou o meu rosto.

Você não me engana, menina.
O que a senhora quer dizer com isto, madame?
Quero dizer que coração de mãe tudo vê e tudo entende.
E embora eu não seja a sua mãe, bem que poderia ser, porque lhe quero bem como se você tivesse nascido de mim.
Baixei os olhos.
Ui, a menina ficou toda vermelha. E agora me conte, o que tem no coração que a deixa tão aflita?
Não posso, madame, realmente não posso contar.
É um problema sério, dá pra ver.
Que nada.
Não tente me embromar, Margarida.
A senhora está errada, pode crer.
E a sua prima, como é que não dá mais as caras?
Não está passando bem, de uns tempos para cá.
Continua indo ao colégio, mas não sai mais de casa. Aconteceu alguma coisa?
Nada, não aconteceu nada.
Menina, é um mundo pequeno, e esta vila é menor ainda.
Voltou a afagar minha cabeça e sussurrou.
Pode ir, agora, Ângela está esperando por você.

* * *

De qualquer maneira, dona Carmela não era a única a perceber os meus amuos. Ângela também intuíra que alguma coisa grave devia ter acontecido, alguma coisa que não se podia comentar.

Ouça, eu não quero forçá-la a falar, mas não pense que sou cega.
Falou isto certa tarde, quando estávamos à margem do rio.
Fiz uma promessa, eu disse, jurei.
E faz muito bem em guardar segredo, do contrário vai acabar no inferno. Mas não pode deixar que levem a melhor.
Como assim?
Acha que sou boba, Margarida? Já reparei que o tal de Lolli, o que saía com a sua prima, aparece, empurra, bate em você e você fica calada.
E o que quer que eu diga? Ele é mais forte que eu.
Mas também reparo que a sua prima Irene fica o tempo todo trancada em casa. Sei que está com medo, assim como a sua tia.
E daí? Não está passando bem.
Só falta ela ter ficado grávida.
Mas que conversa é essa?
Preste atenção, Margarida, se estiver metida em alguma encrenca, pode falar comigo, somos amigas, não somos? Se alguém lhe criar problemas, os meus irmãos estão aqui para ajeitar as coisas, tem de aceitar isto, é assim que o mundo funciona, e se tiver algum segredo que não pode contar, saiba que sempre pode confiar em Ciro.
Ciro, o que Ciro tem a ver?
Está bem. Deixa pra lá.
E nunca mais voltamos a tocar no assunto.

* * *

Ciro, chamado Muque, era uma montanha de músculos com mais ou menos cento e vinte quilos. Era o mais velho dos irmãos de Ângela, quase nunca falava, pois preferia a ação às palavras. Um dos primeiros dias em que Ângelo fora à escola, voltara para casa com a mochila suja de tinta, com a escrita *matuta*. Na manhã seguinte, Ciro dito Muque apresentou-se na entrada do colégio e, ao ver o grupinho de três garotos identificados por Ângela, aproximou-se sem dizer uma única palavra, segurou-os pelas golas dos casacos e levantou-os, todos juntos. De nada adiantou que os três esperneassem, ele os mantinha no ar como se fossem gravetos. Aí jogou-os ao chão, pegou a mochila e esfregou-a no nariz deles.

Agora limpem, murmurou.
E como acha que vamos fazer isto?, fungou um deles, aterrorizado.
Ciro ficou por um momento pensativo, levantou os olhos ao céu e respondeu.
Com a língua, se não houver outro jeito.

Mais tarde alguém contou que os três passaram metade da manhã a lamber a mochila de Ângela, até a escrita desaparecer por completo.

Ciro tinha uma grande paixão, a sua motocicleta, uma Motom Delfino 160 cc de 1957. À noitinha, na hora do pôr do sol, logo que chegava do trabalho ia até a garagem para engraxar a corrente, limpar o carburador, desmontar o tanque do óleo, passar um pano nela toda, e só na tarde de domingo ia montar nela, todo orgulhoso, para dar uma volta pela cidade.
    Aproximei-me, naquela noite, era verão e fazia calor, Ciro parecia um gigante, enorme e todo suado, dobrado em cima da moto. Queria falar com ele, mas não sabia por onde começar.

Queria lhe perguntar uma coisa, Ciro.

Pode falar, Margarida, ele respondeu, continuando o trabalho e enxugando a testa com um pano sujo.

Como é que a gente pode dizer a alguém que fez uma coisa errada?

Faltaram-lhe com o respeito, por acaso?, ele rebateu, soltando as chaves inglesas e ficando de pé.

Não, não a mim.

Fizeram alguma coisa com Angelina?, perguntou alarmado.

Também não.

E então?

Desrespeitaram uma pessoa.

Posso saber quem?

Jurei não contar.

Ciro dito Muque pegou outro pano e limpou as mãos.

E o que fizeram com essa pessoa?

Coisas.

Uma ofensa?

Foi.

Uma ofensa grave?

Muito grave.

Então não há nada a dizer ao culpado.

Nada?

Nada, mas tem que fazer com que ele entenda.

Como?

Ciro virou-se, foi até os fundos da garagem e pegou uma melancia, a maior que havia, levantou até onde seus braços alcançavam e jogou-a aos seus pés.

Assim, disse.

Em seguida, voltou a aproximar-se, sério.

Você sabe quem fez a tal coisa feia?

Sei, sim.
Quem foi, Margarida?
Sei o nome de um deles. Mas eram cinco, murmurei.
O nome de um só já basta. Os outros, ele mesmo vai dizer.
Só que, assim, no momento, não me lembro.

Saí correndo para casa, assustada comigo mesma e com aquilo que acabava de contar, entrei no quarto e meti-me na cama. Irene estava dormindo, pálida, o rosto macilento, parecia ter envelhecido de uma hora para outra. Já não era uma garotinha, e, afinal, até eu tinha deixado de sê-lo havia bastante tempo. Fiquei olhando para ela. Aí peguei um pedaço de papel, escrevi com um lápis o nome de Marco Lolli, esgueirei-me da cama e saí para o jardim. Atravessei a rua, a casa de Ângela estava escura, e dirigi-me para a única luz ainda acesa, a do barraco onde Ciro guardava a sua moto.

Sem dizer coisa alguma, enfiei o papel no bolso dele e fui embora.

Enquanto voltava, vislumbrei dona Carmela despontar de trás da garagem.

No dia seguinte, um domingo, ao voltar da missa, ficamos sabendo pelo tio Cesare que durante a noite alguns estranhos acidentes tinham acontecido na nossa vila e nos arredores.

Contou que um tal de Marco Lolli, filho do vidraceiro da aldeia vizinha, tinha caído num barranco com a sua motoquinha, e que ambos estavam nesta altura fora de combate, Lolli com uma perna quebrada e a cara inchada e vermelha como uma melancia, e a moto completamente danificada. Mas o fato mais surpreendente é que parecia ter caído no barranco pelo menos umas seis ou sete vezes.

Um amigo dele, continuou o tio Cesare, o Alfredo filho do tabelião, parece ter caído nas escadas da igreja quebrando um braço, e encontraram outro meio desmaiado no meio do estrume, e dois homens de Pavia foram detidos pelos guardas enquanto corriam nus pelos campos, como se tivessem visto marcianos, e vai ver que viram mesmo, pois contam que estavam tão assustados que nem conseguiam falar. Eu, pessoalmente, acho que estavam simplesmente bêbados, ou tinham tomado essas drogas que agora circulam por aí, li nos jornais, provocam alucinações. Que coisas mais doidas, concluiu o tio Cesare, e continuou comendo.

Vi o rosto de Irene ficar branco, depois retomar a cor, olhando para a mãe que por sua vez também a estava observando, e desde então sempre perguntei a mim mesma se porventura haviam conversado. Então a tia Rita disse, pois é, vamos tomar um copo de vinho que só pode fazer bem, o vinho fortalece o sangue, você também Irene, e um gole para você também, Margarida, não vai lhe fazer mal, vamos lá Cesare, vamos fazer um brinde.

Brindar em nome do quê?, perguntou o tio.

Brindar em nome de Deus e da sua absoluta misericórdia e justiça.

Eu bem que teria gostado de contar à tia Rita que Deus não tinha nada a ver com o caso, que, eventualmente, teria sido melhor beber à saúde de dona Carmela, de Ciro dito Muque e dos irmãos Garofalo, mas brindei mesmo assim.

Depois do almoço saí para ir à casa de Ângela, que esperava por mim. Muque estava sentado num banco diante da garagem junto com a mãe. Comiam com vontade uma melancia bem gelada e dona Carmela ofereceu-me uma fatia. Hesitei, mas aí estiquei o braço e a peguei.

Estava uma delícia.

10

O trem chegou à estação vinte minutos depois do horário previsto e a prima Irene obrigou-me a pegar um táxi, pois do contrário iria se atrasar. Nem tentei protestar. Paramos diante do prédio onde o Centro de Bem-Estar Linda & Lindíssima esperava por ela, nos despedimos e eu segui a pé para o local do congresso. Levaria pelo menos dez minutos para chegar, mas no caminho pensei que já se haviam passado mais de dois anos desde a última vez que estivera em Pavia. Afinal de contas, eu amava aquela cidade. Quando meu pai ainda estava vivo, às vezes, aos domingos, pegávamos o ônibus e íamos a Pavia. Passávamos a tarde andando para cima e para baixo, no passeio, aí papai comprava um sorvete para mim e outro para minha mãe, e então voltávamos para casa.

Dei-me ao luxo de chegar ao congresso com uma hora de atraso, mas a tempo para a minha participação, e dei uma volta a pé. Perambulei sem uma meta precisa, aí sentei num banco perto do Corso Carlo Alberto, no sol. Fazia frio, mas a coisa não me incomodava, quase não sentia. De repente um bonito gato cinzento pulou no meu colo, afaguei-o e ele aninhou-se nas minhas pernas, começando a ronronar. Percebia o seu corpo morno que fremia e me pareceu uma coisa linda, que me comoveu. Esfregava-se na minha capa e olhava para mim agradecido, com a mesma gratidão que eu sentia por ele. Logo a seguir chegou uma mulher idosa com uma gasta bolsa de couro preto pendurada no braço, avançava lentamente, apoiando-se numa bengala, curva. Quando o gato a viu pulou para ela, miando, e ficou se esfregando com delicadeza em suas pernas magras. A mulher sorriu para mim,

abriu a bolsa, tirou um embrulho e o colocou no chão. O gato atacou a comida e a mulher se afastou. Vi-a parar de novo num outro canto da pequena praça, onde um gato ruivo aproximou-se dela miando, e aí outro branco, e mais outro. Enfiava as mãos na bolsa e chamava a todos, bichano, vem bichano, sacando mais embrulhos que deixou ao lado de um banco onde sentou, visivelmente cansada, cercada por aquele pelotão de gatos que parecia ter-se materializado do nada.
Levantei-me, acenei para a mulher para me despedir e segui o meu caminho.

Quando cheguei ao local do congresso, o grande saguão na entrada estava deserto. A sala no andar de cima, no entanto, estava apinhada, um amplo espaço num prédio antigo, de pé-direito muito alto, com afrescos no teto e paredes brancas onde se destacavam fotos em preto e branco da Pavia do começo do século passado. Uma escritora da Ligúria, que eu só conhecia de vista, estava concluindo a sua participação, duas damas gentis e elegantes vieram ao meu encontro e me receberam, cheias de sorrisos. Agradeci e elas começaram a falar, mas quase não conseguia entender o que diziam. Os meus ouvidos zuniam, sentia-me cansada e, ao mesmo tempo, culpada. Não me preparara a contento, devido ao acontecido, e não sabia se conseguiria juntar palavras que fizessem sentido. Não me agradava a ideia de enfrentar todas aquelas pessoas nas condições em que me encontrava, portanto fui logo pedindo desculpas, não estou muito bem, falei, deve ser a gripe, respondeu uma delas com ar preocupado, e eu disse que sim, devia ser a gripe.

Chegou a minha vez e mandaram-me entrar no palco. Uma jovem pálida, vestida de verde, leu algumas páginas do meu livro, depois uma das senhoras que me haviam recebido falou do meu romance por uns vinte minutos. Enquanto falava, fiquei observando o público. Era formado, em sua maioria, por mulheres, de todos os tipos e idades, algumas muito bem cuidadas, nas primeiras filas, com roupas elegantes e aparência de quem acabara de sair de um salão de beleza. Outras, por sua vez, sentavam mais longe, dava para ver que não tinham nem tempo nem dinheiro para estas coisas, amontoavam-se no fundo da sala, com as sacolas das compras aos seus pés, deviam ter roubado uma hora dos afazeres domésticos para estarem ali. Também havia uma turma de alunos um tanto irrequietos que um professor de cabelos brancos tentava manter sob controle.

Quando a senhora acabou a sua apresentação, finalmente a sensação de opressão me abandonou. Falei por quinze minutos, talvez menos, mas com concentração, e chegou a hora das perguntas do público. Como muitas vezes acontece, ninguém tinha coragem de começar. A senhora encorajava a plateia, solicitava a sua participação, mas ninguém se atrevia, até uma jovem, de uns dezesseis anos, no máximo, de rosto limpo e cabelos negros caídos em cima dos ombros, tomar coragem e levantar timidamente a mão. Alguém lhe entregou um microfone.

Gostaria de fazer uma pergunta, disse.

Por favor, respondi.

Senhora Malinverni, disse com voz firme, poderia explicar por que as mulheres, hoje em dia, sentem-se tão sozinhas?

Fiquei por alguns instantes em silêncio, surpresa com a pergunta daquela jovem mulher com rosto de menina.

Porque estão realmente sozinhas, respondi.

11

Cheguei ao Centro de Bem-Estar Linda & Lindíssima de tarde, depois de despedir-me quase imediatamente das minhas anfitriãs, pois é, volto logo para casa, não dá para brincar com esta gripe, e de tomar um solitário cappuccino com brioche num bar.

Na entrada, uma imagem de mulher perfeitamente torneada, uma espécie de Barbie em carne e osso, cada músculo esculpido, cintura fina, seios que desafiavam a lei da gravidade e nádegas redondas como bolas de boliche, prometia grandes resultados.

Entrei, era certamente o centro estético mais luxuoso que eu já vira na minha vida, a sala da recepção era gigantesca, inteiramente pintada de rosa, com luzes indiretas e um agressivo aroma de ervas e incensos que me incomodou.

Atrás do balcão, uma jovem de longas pestanas recebeu-me com um grande sorriso, lábios túmidos e vermelhos, desenhados com perfeição, entreabriram-se para perguntar se eu tinha marcado uma visita. Vim buscar a minha prima, eu disse, sim claro, fique à vontade, o nome dela?, se chama Irene, Irene Scovenna, respondi. A jovem ficou séria na mesma hora, só disse oh. Então pediu que eu esperasse e desapareceu por uns dez minutos.

Sentei numa poltrona roxa, peguei uma revista e comecei a folheá-la sem prestar muita atenção. De repente, a moça voltou e me fez um sinal para acompanhá-la. Parecia agitada, sabe, a sua prima é um tanto nervosa, sussurrou, mas pode ter certeza de que daremos um jeito, por favor, tente acalmá-la, explique-lhe que tudo vai dar certo.

Abriu uma porta e eu a vi.

Um rosto vermelho como um pimentão, cheio de manchas arroxeadas, veio ao meu encontro. Veja só o que fizeram comigo, estas incompetentes, gritava a prima Irene, possessa, fique calma, madame, é uma reação perfeitamente normal, às vezes acontece, ainda mais com uma pele como a da senhora, tentava explicar uma mulher alta de jaleco branco, o rosto contraído de preocupação, eu lhe garanto que dentro de dois dias poderá apreciar os efeitos benéficos.

Benéficos coisíssima nenhuma. Pareço uma romã, está me entendendo? Vocês deviam ter avisado.

Mas nós avisamos, madame.

Suma da minha frente, não tenho a menor vontade de ouvir de novo as suas desculpas, não passam de um bando de incapazes.

Eu lhe peço, não grite.

Grito, sim, como e quanto eu quiser.

Mas foi a senhora mesma que insistiu no tratamento eficaz mais profundo.

E a senhora chama isto de eficaz? Ah, sim, claro, agora posso ir procurar um emprego num circo.

Se a senhora passar o creme como lhe dissemos.

Sabe onde vou lhe enfiar o seu creme?

Por favor, se acalme, disse a mulher ressentida, levantando um pouco a voz.

Ainda pede que me acalme, a idiota.

Aí a prima virou-se para mim.

E você, não tem nada a dizer?

Depois de alguns minutos ficamos sozinhas, a mulher de jaleco branco, suspirando, tinha saído, mas não antes de explicar-me que o tratamento pedido pela prima Irene podia inflamar a cútis, mas só temporariamente.

Vamos lá, acho melhor voltarmos para casa, falei. Pague logo e vamos embora.

Nem penso em voltar para casa nestas condições.

O que acontece lá dentro, afinal?

Deviam alisar a minha pele, atenuar as rugas, as manchas, deixar-me dez anos mais moça.

Se continuar gritando desse jeito, vai ficar ainda mais vermelha.

Foi o que eles disseram. Não comece você também.

Ajudei-a a vestir o casaco.

Mas por que, afinal?

Por que o quê?

Por que fez isto?

A prima Irene deu um soco na mesa ao lado.

Não me venha com seus conselhos idiotas, são a coisa de que menos preciso.

Como quiser.

Seja como for, enquanto não ficar de novo com uma aparência humana, nem penso em voltar para casa.

E o que pretende fazer?

Não sei.

Tudo bem, chame a sua mãe, então, diga que vamos passar a noite na casa dela.

Nem me fale. Nem mesmo ela pode ver-me deste jeito.

Fique tranquila, tenho certeza de que não irá comentar com ninguém.

12

Meu Deus do céu, virgem Maria santíssima, por todas as santas e os santos mártires, o que fizeram com você? Está parecendo um nabo, um nabo cozido. Esta foi, grosso modo, a reação da tia Rita quando entramos na cozinha. Tentei tranquilizá-la, expliquei que tudo voltaria ao normal dentro de, no máximo, dois dias, mas ela continuava a botar as mãos na cabeça, a sua bonita pele de porcelana, assassinas, é isto que elas são, e bem que lhe disse para tomar cuidado, repetia baixinho. A prima Irene, visivelmente humilhada, não dava um pio, tentava salvar as aparências assumindo ares de quem mantém a situação sob controle. Mas não conseguia enganar ninguém. Continuando a mencionar todos os santos que conhecia, a tia esquentou a sopa e pôs a mesa. Enquanto isto, a prima Irene sumiu.

Olhei para a tia, envelhecida, mas sempre a mesma, o seu rosto tão branco que parecia de cera. Repetia os mesmos gestos que sempre fizera, ao longo dos anos, todos os dias, dobrava em dois o guardanapo e colocava-o no prato, alisava a toalha embora tivesse sido passada de forma exemplar, arrumava o centro de mesa, lavava obsessivamente as mãos antes de tocar num copo ou talher. A limpeza e a arrumação sempre reinaram naquela cozinha. Pelo que eu podia lembrar, a tia Rita passava horas a fio esfregando e polindo, nem um único grão de poeira podia ser visto nas panelas penduradas na parede, e ai de quem tomasse um copo de água deixando derramar algumas gotas na mesa, lá chegava ela, logo enxugando, preste atenção, dizia, como se a água pudesse sujar.

Durante o jantar houve longos silêncios constrangidos. A tia quis saber das netas, e Agnese como vai?, e Ilária, com os estudos? A prima Irene respondeu com monossílabos, não podendo mexer a boca devido à pele esticada que ardia. Logo após a refeição, disse, vou dormir, se não se incomodarem. Não gostava de estar ali, e não somente por causa do que haviam feito com o seu rosto. Eu sabia que voltar àqueles lugares era doloroso, não dá para esquecer certas coisas, apesar de ela viver na ilusão de poder fazê-lo. Eu entendia. Para mim, também não era fácil. Levantei-me, ajudei a tia Rita a limpar a mesa e tentei dizer alguma coisa, dar um jeito de conversar, mas não era o dia.

Cheguei à porta daquele que tinha sido o nosso quarto. A prima Irene parecia estar dormindo, ou então estava fingindo, mas eu não acendi a luz, olhei para o aposento iluminado pela lâmpada do corredor e fiquei estática. Tudo como antes, como sempre fora. Pelo menos ali, a tia não tinha mudado coisa alguma.

Estava sem sono e fui sentar na sala. Aquele ambiente também parecia triste, com a sua arrumação precisa, os centros de mesa, os móveis lustrosos, as cortinas brancas e rendadas nas janelas. Nada de cores, nada de quadros ou de retratos, naquela casa, eu bem sabia, as lembranças, pelo menos algumas, eram banidas. Achei meio estranho notar que as fotos de família penduradas nas paredes quando ainda morava lá, como as do casamento dos tios ou o retrato de mamãe com papai, haviam desaparecido. Até os quadros que o tio Cesare pintava, umas paisagens do rio que ele tentava reproduzir com aquarelas, também tinham sumido. Dei uma olhada nas estantes. Os livros do tio, aqueles que tanto me ajudaram nas longas tardes de inverno, os livros que ele amava, ainda estavam lá, poeirentos e inúteis, sabe lá há quanto tempo ninguém os lia. Surpreendeu-me o fato de não terem acabado no porão.

Alguns estavam ao meu alcance, dei uma olhada neles, li as considerações de meu tio escritas a lápis na margem das páginas, naquela caligrafia miúda, quase feminina. Todo livro estava cheio de setas, asteriscos, sinais, quanto mais ele gostara e mais estava cheio de comentários, de papeluchos com anotações, uma frase que o surpreendera, o nome de um lugar, referência a escritores de outros livros. Continuei folheando e, de repente, de um deles caiu alguma coisa. Curvei-me para olhar.

Era uma foto da minha mãe.

Só demorei um momento para perceber a presença da tia Rita, atrás de mim. Fitou-me e deu uma olhada rápida na foto.

Pode ficar com ela, se quiser, eu vou me deitar.

13

Na foto em preto e branco, mamãe␣sorria, os cabelos castanhos claros bem curtos, a figura esbelta. Apoiada no tronco de uma árvore, com um suéter de lã jogado por cima dos ombros, acenava com a mão. Achei que tinha um retrato parecido em casa, numa moldura de prata, mas, assim como a tia Rita, deixara-o junto de muitas outras velhas fotos numa caixa de papelão que guardara no fundo de um cubículo, dizendo a mim mesma que mais cedo ou mais tarde encontraria um lugar definitivo para ele.
Lembrei o último dia em que vira minha mãe. Aparentava uma alegria forçada, vestiu-me com cuidado e levou-me para a casa dos meus tios, abraçou-me com força e disse que não devia ficar preocupada com ela, que me amava muito, mas que precisava ir embora. Despedi-me, perguntei quando pensava em voltar, está indo a Turim em busca de um emprego?, perguntei.

Ela respondeu que sim.

Quase três anos antes, papai tinha morrido naquele acidente na fábrica onde trabalhava, uma prensa o esmagara, levou algum tempo antes que pudessem mostrá-lo a mamãe pela última vez.

Minha mãe e eu vivíamos como que numa bolha, tenho lembranças confusas daqueles dias, como se a realidade quase não nos atingisse, ébrias com o afeto e as palavras carinhosas de todos. Vanni e a mulher nos visitavam, os tios Cesare e Rita, e também todas as mulheres da vila, nunca nos deixavam sozinhas, nem mesmo à noite, e por algum tempo as coisas não foram muito difíceis. Aí começaram a deixar de aparecer, a casa esvaziou-se, como afinal era de se esperar, cada um seguia em frente com a própria vida, e nós teríamos de fazer o mesmo, embora de uma forma diferente. De repente, no entanto, percebemos o vácuo deixado por meu pai, e minha mãe sentiu-o tão profundamente que aquele espaço, até físico, esvaziado de forma tão súbita e violenta, acabou destruindo-a. Ficava o dia todo na cama, dormia, e quando estava acordada mantinha os olhos fixos num ponto na parede, podia ficar assim durante horas, imóvel. Embora nunca saísse de casa, eu podia perceber mais a sua ausência que a sua presença, estou cansada, Margarida, não estou me sentindo bem, seja boazinha e vá brincar, dizia quando me aproximava dela. Às vezes, a tia Rita repreendia-a, sacudia-a, você não pode continuar desse jeito, vai ficar doente, dizia-lhe, aí passava o meu jaleco escolar, isso menina, venha aqui, vou lhe ensinar como se faz, preparava alguma coisa para comer e me explicava os remédios que mamãe tinha de tomar e tudo mais. Sua mãe não está bem, a tia falava baixinho, mas você vai ver, não vai demorar para se recobrar, você só precisa ser uma boa menina.

E depois veio aquele homem. Aquele homem alto, o que eu tinha visto no dia em que vieram nos dizer que papai não voltaria.

No começo, mamãe o chamava de senhor doutor, faz favor, entre, fique à vontade, dizia, e ele parecia muito atencioso, trazia comprimidos, perguntava como ela estava se sentindo, aconselhava-a a comer e a cuidar-se, pois a saúde é uma coisa sagrada, sem ela não há mais nada, era o que o homem alto dizia, e também tem de pensar na sua filha, que precisa crescer e ficar bonita para arrumar um bom marido. Ficava lá em casa até por algumas horas, e foi nesta altura que mamãe voltou a sorrir. Chegava com flores do campo e bombons para mim, e vinha nos ver cada vez mais. Minha mãe olhava fora da janela, arrumava os cabelos, botava um perfume e logo depois ele aparecia à nossa porta, pode entrar?, perguntava, e me entregava os bombons, eu agradecia porque era assim que me haviam ensinado, e mamãe dizia que devia chamá-lo de tio Anselmo e ser agradecida. Mas eu não gostava dele, havia alguma coisa no seu jeito que me irritava, alguma coisa intolerável que eu não entendia, mas que me assustava. E não gostava do efeito que produzia em minha mãe. Sentava à mesa com ele e tomava vinho, rindo, era como se eu não existisse.

Quando o homem alto passou a ficar mais tempo na nossa casa, a tia Rita deixou de nos visitar por completo. Certa tarde, brigaram furiosamente, ela e mamãe, a tia Rita chamou-a de despudorada, disse que era motivo de vergonha para todos, mamãe berrou que fosse embora, que a deixassem em paz, e minha tia saiu chorando e batendo a porta.

E a partir daí foi um inferno.

14

Depois de algum tempo, ele deixou de ser tão atencioso. Entrava e bebia no gargalo, sem pegar o copo, parecia o dono e mamãe a empregada, arrotava dando tapas na barriga, arrume alguma coisa para comer, dizia à minha mãe, parecia estar sempre zangado. Quando voltava da caça, tirava os sapatos ou as botas, jogava-os sujos no chão da cozinha, com a lama que respingava para todos os cantos, tirava o casaco e apoiava a espingarda na masseira.

Certo dia, estava no meu quarto, brincava com o trenzinho comprado pelo tio Cesare, ouvi a mamãe dizer, não quero mais ver esse troço na minha casa, nada de armas aqui, deixe lá fora. Então vinha o silêncio e um gemido abafado.

Entreabri a porta e vi mamãe dobrada, de joelhos, com ele que a segurava pelos cabelos e sussurrava em seu ouvido, nunca mais fale comigo deste jeito, está entendendo?, esta casa também é minha, quem paga as contas aqui sou eu, estou sendo claro?, ou pensa que pode viver com aquela miséria da pensão do seu marido?

Mamãe dizia, não, por favor
por favor não
tem a menina.

Então ela me viu e disse, não é nada, Margarida, não chore, não é nada mesmo, estávamos brincando, mas tinha o rosto lívido e os olhos cheios de lágrimas.

Daquela vez, ele pegou a espingarda, o casaco e as botas e foi embora. Esperei que não voltasse.
Mas não foi bem assim.

* * *

Minha mãe quase nunca saía de casa, nem mesmo ia fazer compras, só de vez em quando comigo, esperava que ele chegasse. Mas ele não se demorava, não almoçava nem jantava conosco, e isto me deixava feliz. Sentia a falta do meu pai, e a presença daquele intruso me feria, e também feria mamãe. Havia muito tempo que parara de rir, nesta altura. Ele chegava e, às vezes, trazia algum dinheiro, tome, dizia, ainda bem que estou aqui para cuidar de você, ela pegava as notas e as guardava numa lata em cima do armário da cozinha. Depois iam para o quarto, sozinhos. Às vezes, ele estava tranquilo, às vezes nem um pouco, e então eu saía para não ouvi-los.

    Lembro que havia um sujeito gorducho, na minha turma da escola, o nome dele era Renato Verri, insistia em puxar as minhas tranças e dar-me beliscões que doíam, eu não o suportava. Certa manhã, no pátio, durante o recreio, empurrei-o com toda a minha força e o garoto caiu no chão. Todos riram e ele, naquele dia, levantou-se e decidiu machucar-me mais que nas outras vezes.

    Disse, de qualquer maneira todos já sabem que a sua mãe é puta, vai para a cama com o dono da farmácia.

    Quando voltei para casa, encontrei-a pendurando os lençóis no varal.

    Contei o que havia acontecido, falei que não queria mais ver o tio Anselmo, que tinha de sair da nossa casa.

    Mamãe apertou-me com força e disse, pode ficar tranquila, nunca mais vamos vê-lo.

15

Passei uma noite agitada, naquele quarto e naquela cama, aonde já fazia muito tempo que eu não voltava. E na manhã seguinte acordei bem cedo, apesar de ter dormido somente umas poucas horas. Irene respirava profundamente, eu fui à cozinha sem fazer barulho, para não acordá-la, e encontrei a tia Rita já atarefada em volta do fogão. Parecia cansada, o rosto em cima da panela que borbulhava, mas, na luz da manhã e de perfil, parecia quase bonita, ou pelo menos se percebia o que sobrara de uma antiga e longínqua beleza sempre mantida oculta e dissimulada, quase fosse um pecado e uma vergonha, para ela. As suas mãos estavam brancas de farinha, fazia o pão e a massa em casa, a tia Rita, sempre fora uma excelente cozinheira. A mesa estava cheia de folhas brancas de *fettuccine* ainda por cortar, sabe lá havia quanto tempo já estava na cozinha. Venha sentar, disse, abrindo algum espaço na tampa de mármore, já preparei o café e aqui está o leite.

Sentei, o aroma da vitela ensopada e do frango cozido pairava no ar. A tia Rita, como uma habilidosa estrategista, movia-se à vontade no seu campo de batalha, executando cada tarefa com calma e ponderação, sabe como é, a Gina e o marido vêm jantar aqui em casa, disse.

Sorri pensando na Gina, aquela mulher tão diferente da minha tia e, mesmo assim, desde sempre, sua amiga fiel. Só umas raras vezes ouvi-as brigar de verdade, mas aí tudo passava, não importava que fossem como o sol e a lua, tia Rita calada e sombria, Gina alegre e faladeira, às vezes até verborrágica, não consegue parar de contar histórias, dizia minha tia, e era isso mesmo, Gina gostava de falar, de brincar com as palavras, de ouvir o som da própria voz. Ainda lembro as intermináveis noitadas em que nos contava histórias incríveis que, segundo ela, tinham acontecido durante a guerra, na vila ou nos arredores, e a prima Irene e eu ficávamos ouvindo encantadas. Interpretava aqueles relatos com paixão, modulava o tom da voz, mexia-se e gesticulava, fazia caretas de espanto e de horror, enquanto tia Rita a interrompia amiúde, já não aguentando mais, acusando-a de encher a nossa cabeça com um montão de lorotas inúteis.

Apesar das diferenças de personalidade, sempre haviam ficado perto uma da outra, até nos momentos mais difíceis. De alguma forma, eu achava que Gina se parecia com a minha mãe, a mesma alegria de viver e a mesma vontade de expressá-la, embora não possuísse a mesma descarada beleza. Numa coisa, numa coisa importante, no entanto, Gina era diferente. Era uma mulher forte, capaz de enfrentar o sofrimento com garra e firmeza. Até mesmo quando o seu filho morreu, trabalhava numa mina francesa, não se deixou abater mais do que achava necessário, enquanto minha mãe sempre fora extremamente frágil. Talvez fosse justamente isto que tia Rita não conseguia perdoar, achava a fragilidade importuna, prejudicial, e o que acontecera parecia realmente confirmar a sua convicção.

Tia, o que vai fazer de manhã?, perguntei. Tinha vontade de ficar com ela, uma repentina necessidade de trocar umas palavras a mais do que as poucas e lacônicas com que ela normalmente resumia a sua conversa. Na verdade, jamais tínhamos deveras falado de nós duas a sério, sempre fora um tanto fria comigo. Embora nunca me tivesse deixado faltar coisa alguma, nos anos que eu tinha passado na sua casa só raramente me abraçara, mesmo quando eu era menina, e as poucas vezes que tentava ser carinhosa, era artificial, aumentando o meu acanhamento. Tio Cesare, não, era diferente.

A tia fez uma careta chateada, não está vendo?, preparo a comida, e mais tarde vou fazer as compras.

Posso ajudar?

Fitou-me como se eu tivesse acabado de dizer uma heresia. Mas, afinal de contas, eu já devia saber, quando cozinhava a tia Rita não deixava ninguém ajudar, tinha ciúmes de cada movimento, de cada tarefa, de cada canto do seu reino.

Mais tarde, se quiser, poderia ajudá-la com as compras.

Ficou pensando por um momento, então concordou com a cabeça.

Boa ideia, daremos uma volta a pé, assim não terei de ir com a Gina, pois sabe como é, desde que tirou a carteira vamos ao centro comercial, mas ela não para um só instante de falar, conhece o jeito dela, e nem lhe conto como dirige, é um verdadeiro milagre se ainda estamos vivas.

Então vou me vestir.

Vá com calma. Ainda não são oito horas.

Vesti um casaco, o primeiro que encontrei pendurado no corredor, pareceu-me ser um velho jaquetão de lã do tio Cesare, com alguns buracos e muitos remendos, que ele usava no inverno quando ficava em casa. Surpreendeu-me o fato de a tia Rita tê-lo deixado ali, sem escondê-lo em algum canto ou jogá-lo fora, como fizera com quase tudo mais.

Saí para o jardim, a natureza parecia ter enlouquecido naquele canto do mundo. A primavera já tinha desabrochado, antes da hora, para dizer a verdade, e eu respirava a plenos pulmões aquele cheiro de frescor e de orvalho. Fiquei sentada na varanda, ninando a mim mesma de olhos fechados na cadeira de balanço da tia, aproveitando o momento. Aí percebi a presença dela e me virei.

Tia Rita me olhava com uma expressão melancólica e sincera. Chegou perto e afagou a minha cabeça, com carinho.

Você é a cara da sua mãe, disse.

Dava-me conta da sua perturbação e receava dar a resposta errada, qualquer coisa que eu dissesse, de forma que fiquei calada. É exatamente igual a ela, cuspida e escarrada, continuou dizendo, e seus olhos ficaram embaçados, os traços do seu rosto assumiram uma expressão cansada e doce. Deixou-se cair na cadeira ao lado da minha, olhava para longe, para o rio.

Nunca fala nela, eu disse baixinho, receosa.

Eu sei.

Gostaria que me contasse da minha mãe.

Sinto muito, não posso.

Era sua irmã.

Olhou para mim com ar triste, levantou a mão até a boca, mas vi que seus lábios se contraíam, duas rugas profundas apareceram nos cantos.

Não consigo. Nunca consegui. É mais forte que eu, não posso perdoá-la.

Já se passou muito tempo.

Eu sei, mas eu sou assim com todos.

Como assim?

Com todos aqueles que me abandonam. Nem mesmo o seu tio Cesare consegui perdoar, por ter ido embora antes de mim, aquele Judas.

Fiquei calada.

Deve achar que sou uma velha maluca, não é?

Não, nem um pouco.

Acontece que não amo a vida, nunca amei, nunca soube aproveitá-la, a verdade é esta.

Por que, tia?

Acho que ela é muito cansativa.

E é mesmo, às vezes.

De qualquer maneira, não me peça para perdoá-la.

Não pode fazer isto nem por você mesma?

Fitava-me com raiva, agora.

Vamos deixar pra lá, disse, e a voz se tornara mais segura, não dá para conversar de certas coisas assim, sem mais nem menos.

Entendo.

A sua mãe, por sua vez, amava a vida, gostava das pessoas, conseguia até ser feliz. Vivia na maior felicidade, desde que éramos meninas. Eu não tive esta dádiva.

Fez uma pausa, segurou minhas mãos, acariciou-as.

Tinha de ter feito um esforço, ela podia, e em lugar disto fez o que fez, deixando todos no maior desespero, começando por você.

Suspirou profundamente.

E também tudo aquilo que aconteceu depois, não, não dá para perdoar.

Do que está falando, tia, de mim e de Irene?

Não respondeu, olhava para longe, diante de si.

Há desgraças que marcam a vida dos que ficam, inexoravelmente, como bombas, quando não matam deixam horríveis feridas.

Tive vontade de abraçá-la, mas ela se afastou, talvez tivesse percebido a minha intenção, e a temesse.

Tia.

Não, não precisa se preocupar. Eu não teria coragem.

Levantou-se e voltou para casa, logo depois eu fui atrás. Ela virou-se e me dirigiu um sorriso estranho, forçado, parecia ter apagado de chofre aqueles poucos momentos de intimidade. Levantou a mão e me fez um sinal, como a deter-me, o que conseguira dizer já era até demais, e queria defender-se. Ouça, não me leve a mal, disse tranquila, mas vou chamar a Gina, que vai ficar chateada se não for ao centro comercial com ela. Além do mais, hoje é dia de liquidações.

16

Tia Rita saiu lá pelas dez, para encontrar Gina, que esperava no carro, na rodovia. Para o almoço, se virem com o que tem na geladeira, disse, deixei umas coisas prontas, eu volto de tarde, e às sete e meia em ponto quero vê-las na mesa, temos convidados.
 Entrei no quarto na ponta dos pés, Irene continuava imóvel na cama. Aproximei-me e percebi que não estava fingindo, realmente dormia. Eu estava abalada, e como poderia não estar? Pensava nas nossas vidas. Ambas tínhamos fugido daquele lugar onde fôramos criadas no meio da borrasca dos eventos, tentando esquecer as lembranças, prima Irene e eu, e agora estávamos de novo ali, como muitos anos antes, devido às imprevisíveis consequências de um tratamento estético.
 Tinha vontade de acordá-la, de falar com ela, mas não o fiz. Vesti a roupa e saí apressadamente da casa mergulhada no silêncio.
 Fiquei andando durante horas, nem sei quantas. Peguei um caminho que levava ao bosque, percorri-o todo, até o fim, aí voltei para a vila. Havia muitas mudanças. Muitas lojas haviam desaparecido, o ferreiro, a drogaria, em seu lugar havia agora um pequeno supermercado, enquanto não muito longe ainda resistia a antiga confeitaria da senhora Ada, sabe lá se ainda estava viva. Parei na entrada para dar uma espiada. A loja tinha sido reformada, o velho balcão de mármore e madeira desaparecera. Duas jovens vendedoras riam cochichando, enquanto um senhor idoso, lá dentro, apontava para alguma coisa na vitrina, uma figura pequena, com um longo sobretudo preto e um gorro de lã enfiado na cabeça. Eu já estava indo embora quando ouvi a sua voz, e principalmente o seu sotaque. Era ele, dom Ernesto.

Meu Deus, como tinha envelhecido, não pude deixar de constatar. Vi-o sair da loja com um balouçante embrulho que segurava pelo laço, a outra mão apoiada num bordão. Avançava devagar, o rosto contraído no esforço. Cheguei perto e o chamei pelo nome. Levantou os olhos, o seu rosto branco e enrugado fitou-me surpreso.

Sou eu, dom Ernesto, Margarida Malinverni, o senhor se lembra de mim?

Hesitou.

Malinverni, Malinverni, dizia para si mesmo.

Sou a sobrinha dos Scovenna, Rita e Cesare.

Continuou a olhar para mim, apertando os olhos, repetindo o meu sobrenome e meneando a cabeça, aí fez um gesto com a mão que segurava o embrulho, quase a pedir desculpas.

Não importa, fiquei contente em revê-lo, falei tocando em seu braço, saudações, e continue cuidando da saúde, dom Ernesto.

Afastei-me dando alguns passos, mas atrás de mim ele disse, de repente,

Você é a filha da Lena.

Olhei para ele, surpresa.

Isso mesmo, a filha de Lena. O senhor se lembra da minha mãe?

E como poderia não lembrar?, disse sorrindo, mostrando os poucos dentes que lhe sobravam.

É mesmo?

Claro, era tão linda, a Lena, um prazer para os olhos e para o espírito, e tinha uma menina... quer dizer que você é aquela menina?

Sou.

E também o marido, Mário, lembro-me dele, bom rapaz, coitado, sofreu um acidente, morreu na flor da idade.

Pois é.

Como poderia esquecê-la, a Lena? Mas já se passou tanto tempo.

De fato.

Fitou-me, e por um momento os seus olhos pareceram-me perdidos.

E então, me conte, como é que vai, a sua mãe?, perguntou.

Demorei uns instantes para responder, torturando a boca com os dedos.

Está bem, dom Ernesto. Muito bem.

Já faz um bom tempo que não a vejo.

Eu sei.

Dê as minhas lembranças para ela. Era tão bonita.

Pode deixar.

Então deu uma espécie de grunhido, cambaleou e apoiou-se no bordão.

Agora preciso ir, as minhas pernas doem, já não são as de antigamente, já se passaram tantos anos.

Gostei muito de revê-lo, dom Ernesto. Cuide da saúde.

Fique com Deus, e dê minhas lembranças à Lena, repetiu.

Farei isso.

Acompanhei-o com os olhos, enquanto se afastava, a caminho da igreja.

Pois é, já se haviam passado muitos anos.

17

Há dias perfeitos para um passeio. Quando o sol brilha e o ar é quase morno e transparente, com as cores em volta e o perfume da grama. Acabei chegando até a minha antiga casa, uma família estava se sentando à mesa, para almoçar. Podia vê-las através da porta escancarada, uma mulher e duas crianças pequenas, enquanto lá fora o marido se ocupava com a carne que chiava na churrasqueira, espalhando em volta um agradável aroma.

Tinham reformado a casa, agora estava pintada de rosa, e não mais branca, e o jardim estava bem cuidado, grandes vasos por toda parte, com um caminho de cascalho que levava à rua mais acima. Também havia uma horta meticulosamente cercada, uma grande gangorra, e mais brinquedos, com uma pequena piscina vazia ao lado. A única coisa que eu reconhecia eram as duas estacas de ferro, repintadas, que o meu pai fincara no chão com cimento para segurar o varal da roupa, ainda lembro o dia em que fez aquilo, mamãe estava tão contente que parecia uma menina, e papai disse, vamos lá, vamos comemorar com uma garrafa de vinho.

Tinham cortado a velha cerejeira, e isto me entristeceu, no seu lugar havia agora um carro reluzente. Fiquei algum tempo olhando, revi a janela do meu quarto, a que dava para os fundos, e as janelas da cozinha. Fiquei imaginando o que podiam ter mudado lá dentro, certamente não estavam usando mais o velho fogão onde mamãe cozinhava, ou talvez o tivessem guardado, como objeto a mostrar aos amigos, afinal de contas tinha mais de cinquenta anos, já estava lá quando os meus alugaram a casa.

Revivi o dia em que mamãe me deu a notícia.

* * *

Tinha ficado sozinha no jardim, aonde você vai, mamãe?, continuava a perguntar, por que não quer me contar?, e ela só disse, comporte-se e espere eu voltar, confie em mim. As horas passaram e, quando ela voltou, veio ao meu encontro sorrindo, abraçou-me, o que houve com o seu rosto, mamãe? Tinha um lábio inchado e um pequeno corte na face sangrava. Não é nada, ela respondeu, uma bobagem, mas agora vem comigo, tenho uma boa notícia para você. Sentamos no banco na frente de casa, me fez sentar no seu colo e começou a falar tranquila, acariciando os meus cabelos. Nunca mais vamos ver aquele homem, disse, eu prometo, ele nunca mais vai passar por aquela porta, não precisa mais ter medo, vamos sair daqui. E para onde vamos, mãe?, perguntei. Vamos para uma grande cidade, Turim. Os primos do papai, ainda se lembra deles, não lembra?, vão nos hospedar por algum tempo, até eu encontrar um emprego. Dizem que poderei trabalhar onde trabalha a Donata, na Fiat, uma firma do tamanho de uma cidade, há trabalho para todos, ali, tem um grande refeitório, muito maior que um restaurante. Só precisamos ter um pouco de paciência, pois o momento não é dos melhores, mas você vai ver que vão nos chamar, quem sabe no fim do verão, o que acha?

Isto é maravilhoso, mãe, mas quanto à tia Rita e ao tio Cesare? E Irene?
Voltaremos para visitá-los, de vez em quando.

Lembro que foi um dos dias mais felizes desde que papai tinha morrido. Pegamos o ônibus, mamãe e eu, fomos passear em Pavia, ela estava linda no seu vestido azul, compramos sorvete e ficamos zanzando a tarde inteira.

Mas quando voltamos, ele estava lá, esperando por nós, sentado na frente de casa, no escuro.

Mamãe berrou, tão forte que eu nunca a tinha ouvido gritar daquele jeito, fora, fora daqui, pois do contrário vou contar tudo, juro sobre a cabeça da minha filha, saia daqui!, berrava. Ele parecia calmo. Nós entramos e mamãe fechou a porta e todas as janelas a sete chaves, vá para o quarto e tranque-se lá dentro, disse com o rosto cheio de medo, e ele ficou lá fora, a bater e ladrar como um cão, durante horas, aquela noite e outras mais, e de vez em quando eu fechava os olhos e fingia dormir, para então reabri-los e ver se tinha sumido, como num sonho.

 Está procurando alguém?
 Uma voz me fez estremecer.
 Como disse?
 A mulher estava diante de mim, usava um pesado casacão e um cachecol em volta do pescoço, segurava um garfo e um pano.
 Está procurando alguém?, voltou a perguntar.
 Não, não, queira perdoar. Só estava olhando a casa. Muito bonita, respondi.
 Tudo bem com a senhora?
 Sim, claro, e, por favor, desculpe o incômodo.

Afastei-me rapidamente dali.

18

Fiquei andando por uns vinte minutos, talvez mais, por um caminho de terra. Um estranho vigor apoderara-se das minhas pernas e, embora me sentisse fraca e cansada, com o coração batendo a mil por hora, me parecia ter a cabeça leve, esvaziada de qualquer preocupação, estava sem relógio e tinha perdido a noção do tempo. Percorri uma senda estreita, limitada dos lados por tufos de grama que de repente desapareciam no terreno pedregoso onde a própria senda se perdia. Cheguei ao rio. Andei mais um pouco, lentamente, quando então a vi, sentada numa larga pedra achatada, na borda. A prima Irene estava ali, a olhar o vagaroso curso da água, carrancuda, os braços apertando contra o peito as pernas dobradas. Aproximei-me e sentei ao seu lado. A prima Irene não se virou, só disse oi.

Está aqui há muito tempo?, perguntei.

Há algum, respondeu, como que enfastiada com a minha presença.

Virou-se e olhou para mim.

Você chorou?

Não, menti.

Ela riu, de forma estranha, forçada.

Eu já sabia, disse, voltando a olhar para o rio.

O quê?

Que voltar para cá não era uma boa ideia.

Já viemos outras vezes.

É verdade, mas sempre correndo, só de passagem, como se costuma dizer, e nos feriados.

E então?

É diferente.

Tinha o rosto tenso, o queixo apertado.

O que foi?, perguntei.

Olhou de novo para mim, com o rancor que tantas vezes já lera no seu rosto.

Quer parar de fitar-me desse jeito?, berrou de repente. Você, a pobre vítima de sempre, a única que sofreu nesta vida. Sua egoísta, perdida demais em sua própria dor para dar-se conta do sofrimento dos outros.

Não é verdade, gaguejei.

Ela mudou de expressão, agora gritava descontrolada.

Claro que é verdade, mas o que é que você sabe? Acha que pode saber como me sinto, como sempre me senti? Acha que foi fácil para mim? De toda essa dor eu fui banida, ninguém reparou em mim, fui afastada aos empurrões. Eu sei, era sua mãe, mas eu amava a tia Lena, para mim era mais que uma tia, mais que uma mãe, mais que uma irmã, a única que me compreendia, e eu a compreendia, a única que sabia me ouvir, com a qual podia me abrir. Tinha jurado que nunca me deixaria, que nunca deixaria de ajudar-me, e o que é que ela fez?

Então parou de gritar, agora falava com um fio de voz.

Naquele dia você estava lá em casa, ela mesma a trouxera de manhã. Você estava brincando e mamãe pediu que procurasse a tia, para perguntar se você podia jantar e dormir conosco. E eu fui, procurei por todo canto, mas ela não estava, e acabei vindo para cá. Sabia que gostava deste lugar, costumava sentar nesta mesma pedra, e muitas vezes eu vinha com ela, só nós duas, e ela me contava um montão de coisas, e me deixava feliz. Cheguei e a vi, a vi, a vi.

Movi a mão para ela.

Do que está falando, Irene?

Ela pulou de pé, como se a pedra onde estava sentada queimasse. Dominava-me, agitada, gesticulando descontrolada, o rosto tenso, os olhos cheios de lágrimas. Gritou.

Quem a encontrou fui eu, sabia?, berrava, não foi o meu pai, quem a viu fui eu, aqui, naquela tarde, cheguei e a vi balançar daquela árvore, aquela ali, está vendo?, e corri para ela. Tentei entender se ainda respirava, mas o seu rosto tinha aquela cor, procurei tirá-la de lá, não queria que alguém a visse daquele jeito, tentei, mas não consegui. Então abracei os seus tornozelos e fiquei com ela, até ficar escuro, quando o pescador nos viu. Procurou levar-me embora, mas eu dizia que queria ser deixada em paz, esperneava, dava coices como uma mula, então ele foi chamar papai, e ele veio, e pouco a pouco me convenceu. Mas não queria deixá-la sozinha, está me entendendo?, já tinha havido gente demais fazendo isto.

Parou de falar, ouvi o barulho do cascalho sob os seus passos rápidos, enquanto eu não conseguia mover um só músculo. Mas ela sim, podia ouvi-la, e ia se afastando cada vez mais. Acabei me mexendo, como que empurrada por toda a dor da minha existência, corri atrás, para, eu gritava, mas ela parecia afastar-se ainda mais depressa. Quando a alcancei, já estava sem fôlego. Segurei com força o seu braço, ela se virou e me acertou com um soco no ombro, e depois com um bofetão que me fez perder o equilíbrio. Reagi empurrando-a com raiva, ela caiu numa poça de lama, rangia os dentes e dava pontapés, vá embora, gritava, deixe-me em paz, suma daqui. Joguei-me em cima dela, lutamos, então apertei-a firme contra o meu peito, até ela parar de gritar e de tremer. Ficamos abraçadas, no chão, não sei por quanto tempo, até o sol desaparecer, chorando agarradas. Já não nos importávamos com o frio nem com as roupas molhadas, não nos importávamos com coisa alguma.

Irene e eu.

19

Que horas devem ser?
Como é que eu vou saber? Espere, tenho um isqueiro. Seis e meia.
A sua mãe deve estar preocupada, às sete e meia precisamos sentar à mesa, a Gina e o marido vão estar lá.
Que alegria.
Vamos chegar lá sujas e molhadas deste jeito?
Podemos dizer que fomos dar um passeio, afinal de contas é a verdade.
Tudo bem com você?
Não quebrei nada, e você?
A mesma coisa.
Fique sabendo que o seu nariz está escorrendo, um nojo.
O seu também, em cima dos lábios. Tome, pegue o meu lenço.
Está molhado.
E o que esperava?
O que lhe parece a minha pele?
Está melhor que ontem, mas você parece uma tartaruga.
Deveria ver a sua cara!
Irene, não dá pra ver nada.
Eu sei.
Vamos, segure a minha mão, a trilha fica ali.
Está bem, guie-me que não estou enxergando nada. Ah, sim, ali. Acho que vamos conseguir.

20

Mauro veio nos pegar na estação, recebeu-nos com um sorriso cúmplice, muito bem, disse, quer dizer que as meninas decidiram tirar umas férias, hoje eu também estou de folga, vamos jantar fora. Vi-o abraçar e beijar ternamente a mulher, e foi como se estivesse vendo-os pela primeira vez, Irene se entregava aos braços do marido, e fiquei feliz por eles. Então, aonde querem ir?, ele perguntou, e eu propus a cantina onde Irene e eu tínhamos ido da última vez. Ela fez uma careta de condescendência, é um lugar horrendo e ordinário, disse, mas pelo menos fica perto, e eu estou morrendo de fome. Era uma boa desculpa.

Só cheguei em casa de tarde, andando lentamente, um tanto alegre. A primeira garrafa tinha acabado num piscar de olhos, Irene definira o vinho como um purgante sem espessura, sem buquê, mas tomou seus copos com gosto. Todos nós, afinal, tínhamos vontade de tomar uns bons tragos, de alguma forma aquele era um festejo.

Abri o portão, o prédio estava silencioso, ao chegar em casa escancarei as janelas, e a lembrança de poucos dias antes tomou conta de mim. Nos imprevistos dias no campo, que se haviam tornado quatro, aliás cinco, eu tinha jogado tudo num canto. Só tinha vontade de ficar com Irene, com a tia Rita, com o meu passado.

No dia depois da luta, Irene e eu estávamos ambas cansadas e abaladas. Chovia e passamos o dia inteiro trancadas em casa, cada uma perdida em seus pensamentos. Concordamos em partir na manhã seguinte, mas, quando acordamos, um lindo dia de sol esperava por nós, Irene perguntou, que tal ficarmos até a noite?, e eu respondi, claro que sim.

Aproveitamos os três dias seguintes para passear, voltamos a visitar a Cartuxa de Pavia, Belgioioso com seus mercados, paramos para tirar umas fotos da Ponte da Becca, como quando éramos crianças. Certa noite fomos jantar em Stradella, num restaurante delicioso que nos foi sugerido por Ângela, arrastando conosco a relutante tia Rita e a tagarela da Gina, que morria de vontade de mostrar a sua habilidade de motorista. À parte o terror experimentado durante a viagem, os gritos reprimidos no escuro da região, com a Gina que pisava no acelerador e a tia Rita que rezava o terço, ficamos satisfeitas, diria até que, talvez pela primeira vez depois de muito tempo, nos divertimos.

Mas agora eu estava de volta e queria saber de Anna.

Ninguém atendeu. Então toquei a campainha de Anita, vamos entrando, ela disse logo que abriu. Tinha o rosto cansado, sofrido. Sentamos na sala, ela preparou um cafezinho sem dizer uma só palavra.

Anna foi internada, informou de repente, se é isto que você quer saber.

O que houve com ela?, perguntei alarmada.

Não sei, ao certo.

O marido bateu nela?

Pode ser, imagino que sim. Mas aconteceu de noite. Eu estava dormindo e não ouvi coisa alguma, só a sirene da ambulância. Levantei e vi os voluntários da Cruz que a levavam embora. O marido estava com ela. Tentei saber em que hospital foi internada, perguntei diretamente à mãe dela na manhã seguinte, mas ela mandou-me cuidar da minha vida. Então, liguei para alguns hospitais, mas eles não dão informações pelo telefone.

Abandonei-me na poltrona. Sentia-me impotente e, ao mesmo tempo, culpada. Eu não estava lá, apesar de ter prometido que não a deixaria sozinha. Você tem uma lista telefônica?, perguntei, Anita trouxe, vou tentar por caminhos não oficiais, expliquei. Liguei para Paolo, um antigo companheiro de estudos, agora médico-chefe de um setor hospitalar, contei a situação, disse que precisava muito da sua ajuda. Titubeou um pouco, por favor, eu pedi, dê uns telefonemas, você pode fazer isto, ajude-me. Por fim, acabou dizendo que sim, vai me meter numa enrascada, mas farei do seu jeito. Não demorou para me retornar a ligação.

Anna Lucci está no hospital Galliera, na traumatologia. Você é um amigão. Sabia que podia contar com você. Ouça, tem mais. Está com um braço quebrado e traumatismo craniano. Falei com o médico que a acompanha. Ela diz ter caído pelas escadas. Mas o meu colega não acreditou nem um pouco na história dela.

21

Menos de uma hora mais tarde eu caminhava apressada pelos amplos corredores do hospital, o barulho dos meus passos ecoava. Quando cheguei ao setor, dei uma olhada rápida em volta, mas não consegui vê-la, aí reconheci de longe a figura de dom Morena, curvo em cima de uma das camas. A de Anna. Recuei, voltei ao corredor e esperei com impaciência. Depois de alguns minutos de espera, eu o vi sair, tinha uma expressão sombria, os olhos embaçados. Parou na minha frente, olhou para mim, vá vê-la, murmurou, e se afastou lentamente. Anna estava branca como um trapo, a cabeça enfaixada, a testa inchada e roxa, um braço engessado. Estava de olhos fechados e lábios apertados. Toquei-a de leve, sou eu, falei, ela moveu um pouco a cabeça, a duras penas, olhou para mim e começou a chorar, em silêncio. Conte, o que fez com você?, mas ela não respondia, as lágrimas continuavam correndo, todo o seu rosto estava molhado. Peguei um lenço de papel e a enxuguei, ajudei-a a assoar o nariz, acariciava-a, repetia o seu nome.

Anna, Anna.

Uma enfermeira ríspida e tosca encostou na cama, não é horário de visitas, disse, deveria saber disto. Virei para ela, é coisa rápida, só um momento, respondi. Olhou para nós, suavizou o olhar, está bem, disse, só cinco minutos, mas depois tem de ir embora, por favor, pois vão chegar os médicos. Anna não falava, e eu continuava a murmurar frases suaves, que me pareciam inúteis.

Parara de chorar e virara de lado, parecia uma menina. Jurou, ele jurou não fazer mais, desta vez de verdade, pedirá ajuda, vai se tratar, eu o amo, disse de repente, sem conseguir evitar um suspiro cheio de aflição. Eu fiquei calada, continuei a acariciar o seu rosto, como você é bonita, Anna, dizia afagando-lhe as mãos, os ombros, há alguma coisa que eu possa fazer? Mas ela não respondia, só dava tímidos e envergonhados sorrisos. Aquele homem conseguira. Aniquilara-a, apagara-a como mulher e como ser humano. Achei que talvez já fosse tarde demais para fazer alguma coisa. Quando fui embora, só com muito esforço consegui sair do hospital. De longe, avistei a figura do marido que estava chegando, de maleta executiva numa mão e flores na outra. Não me viu e apressei o meu passo. Sentia em mim uma inquietação prepotente que me apertava o estômago, estava enjoada, minha cabeça rodava. Estava suando frio.

Precisava de um bom banho.

22

Os dias passaram terrivelmente lentos. O apartamento ao lado estava vazio. As crianças tinham ficado com os avós e o marido de Anna quase não aparecia em casa, não dava para reparar na sua presença. Certa vez cruzei com ele no portão. Cumprimentou-me educadamente, como de costume, sem encarar o meu olhar.

De tarde dava longos passeios, às vezes sozinha, às vezes com Irene, contei-lhe de Anna, ela ficou abalada, mas não fez comentários.

Mergulhei na leitura, achei que era a única maneira de manter a cabeça ocupada e de estimular-me a escrever, pois já fazia algum tempo que não me sentava seriamente diante do computador.

Então, certa noite, o telefone tocou. Era Sérgio.

Olá, ele disse, mas o tom era diferente.
Tudo bem com você?
Mais ou menos, respondeu.
O seu tom estava cansado, desanimado.
Está doente?
Não.
Está com uma voz estranha.
Não aguento mais, Margarida. Gostaria de esquecer tudo isto.
O que houve?
Ficou em silêncio, podia ouvir a sua respiração.
Você nem pode imaginar o que acontece por aqui. Na tevê não dá para entender.

Eu sei.

Não, você não sabe, homens, mulheres e crianças que morrem e você fica ali, olhando, sem poder fazer nada. Falava e soluçava.

Você não pode imaginar, não pode saber.

Ficamos um bom tempo conversando, aquela noite.

23

O dia em que Anna voltou para casa, a vi chegar pela janela, o braço engessado preso ao pescoço com um lenço de seda, o passo cansado, ajudada pela mãe. Tive vontade de correr para ela, de abraçá-la, mas me contive. Pensei em deixar-lhe um recado embaixo da porta, mas fiquei de caneta na mão diante da folha branca, sem saber o que escrever, seria oportuno dar-lhe as boas-vindas? Ouvi o elevador subindo, tinha de apressar-me, mas não encontrava as palavras certas. Talvez não existissem.

Espiei pelo olho mágico e vi as duas mulheres diante da porta, a mãe que tentava encontrar as chaves na bolsa, Anna que mantinha a cabeça baixa, fiquei pensando na coragem que precisava ter para entrar de novo naquela casa. Então as duas desapareceram no apartamento, a porta se fechou, a fechadura estalou. Tarde demais. Amassei o papel e soltei a caneta.

Levei alguns dias sem sequer vê-la. As coisas pareciam ter melhorado, já não ouvia golpes e gritos do outro lado da parede. Eu controlava o sujeito pela janela. Logo que chegava do trabalho, saía de novo correndo para voltar em seguida com uma sacola de compras, apesar de a mãe de Anna se encarregar disto por ela todas as manhãs. Às vezes também chegava com flores, parecia realmente arrependido. Ficava imaginando, com ansiedade, até quando aquilo iria durar.

Certo dia, no supermercado, estava me demorando como uma menina diante de uns engraçados biscoitos recheados com a forma de pequenos animais, gatos, peixes, ratinhos. Tinham uma aparência simpática, convidativa, e afinal de contas eu não estava gorda, eles não iriam fazer mal. Já estava saboreando o prazer de ceder àquele pequeno pecado quando um carrinho encostou no meu. Virei e vi a mãe de Anna, que me fitava, séria.

Ficamos olhando uma para a outra por alguns momentos, aí ela tomou a palavra, a voz tensa de raiva que tentava dissimular. A senhora acha que sou uma péssima mãe, não é verdade?, disse, que não penso na minha filha, que não quero o bem dela. Pois bem, encare os fatos, madame, falou agressiva, a vida das demais pessoas não é como a sua. A senhora fica ali sozinha, julgando os outros de cima, escolheu este estilo de vida justamente para evitar problemas, ou estou errada? Falava e aí se interrompia para acalmar o tom da voz, agitava nervosamente a bolsa, de testa franzida e olhar desafiador. Mas vou contar-lhe uma coisa, é assim mesmo que o mundo funciona, sabia? Que raio de vida acha que eu tive?, acha realmente que a das outras mulheres seja melhor? É preciso sobreviver, madame. A minha filha tem duas crianças, precisa pensar nelas, como eu mesma fiz no passado, não há outro jeito.

Acho que sim, eu disse, acho que há outro jeito. Deve haver.

A mulher empertigou-se. O meu genro não é um monstro, bufou, bote isto na cabeça, é um homem que passa por um momento difícil, que sofre, e agora que teve tempo de pensar, se deu conta dos seus erros. Ama a minha filha, ama as crianças, e lhe asseguro que nada mais vai acontecer com Anna, pode ter certeza disto. Não respondi. Peguei instintivamente o pacote de biscoitos que namorava havia poucos momentos, entreguei-o à mulher dizendo, pegue, leve-os ao seu neto Tommaso, sei que ele gosta de biscoitos com chocolate. Ela esticou a mão, esboçando um sorriso doentio, mas aí recuou de repente, só disse, não, obrigada, não posso, os biscoitos industriais fazem mal, não sabia? Melhor fazer tudo em casa. E quem diz isto, minha dama sabe-tudo, o médico ou o seu genro?, rebati mal conseguindo segurar a raiva que ia tomando conta de mim. A senhora não pode levá-lo para a casa de Anna porque tem medo de irritar o seu genro, nem mesmo um simples pacote de biscoitos, a verdade é esta. A mulher olhou para mim com uma expressão derrotada e furiosa, vá para o inferno, sua maldita, rosnou, aí se afastou depressa.

Recoloquei os biscoitos no lugar.

Havia sido um golpe baixo.

24

Certa manhã encontrei Antônio na rua. Estava diante de um portão, com o ar de alguém que está prestes a perder a paciência. Ao seu lado, um casal discutia animadamente, ou melhor, quem falava era ela, uma mulher jovem que vociferava num tom de voz agudo, importuno e agressivo, enquanto o companheiro tentava inutilmente interromper aquela avalanche de palavras. Logo que me viu, o rosto de Antônio iluminou-se, fez um sinal para me cumprimentar e pedir que esperasse. Fiquei parada num canto, ele disse alguma coisa ao casal e apontou para mim. Os dois se viraram, olharam e logo depois se despediram dele.

Você me salvou, disse ao se aproximar.

Do quê?

Daqueles dois. Falei que você queria ver o apartamento.

É mesmo?

Já faz uma hora que estava com eles, suspirou levantando os olhos para o céu, só sabem brigar, ele tem de aguentar em silêncio a teimosia da mulher. Ela não gosta de nada, só sabe ver o lado pior de todas as coisas. Às vezes, no entanto, até que está certa.

Sorriu, com seus dentes muito brancos e o rosto cordial.

Desculpe, nunca mais liguei.

Eu tampouco, perdoe-me, andei bastante ocupada.

Quer tomar um café?

Com prazer.

Sentamos à mesa de um bar, ao ar livre, embora o dia não fosse dos melhores, o céu tinha ficado escuro e um vento frio soprava do mar. Um garçom aproximou-se e perguntou o que queríamos tomar. Logo depois, voltou com dois cafezinhos, enquanto Antônio e eu nos dedicávamos a inúteis considerações acerca do tempo.

Acho que vai chover, eu dizia.

Tudo indica.

Não faz mal.

Isso mesmo, já faz um bom tempo que não chove.

Pois é, se continuar assim, vão acabar racionando a água no verão.

Acho bom chover.

Estávamos ambos sem jeito, depois de cada frase o nosso constrangimento aumentava.

Espero que se sinta melhor, ele disse em certa altura, ficando sério.

Oh, sim, muito melhor.

Não fez comentários. Era como se estivesse procurando as palavras, abria a boca para dizer alguma coisa e logo a seguir a fechava.

Não voltei a ligar, mas pensei muito em você.

Falou depressa, baixinho.

Também sou culpada, sussurrei, não lhe agradeci, aquela noite.

Esqueça.

A sua presença foi importante.

Fiquei contente em ajudar.

Obrigada.

Então Antônio aproximou-se, o rosto tenso, quase parecia que a sua mão tremia. Deixou a pequena xícara no pires, mas o fez de forma tão desajeitada que ela caiu de lado e o café desenhou uma longa mancha na toalha. Procurei evitar que se espalhasse usando o meu lenço, a mão dele roçou na minha.

Gostaria de estar mais presente, mas não sei se seria uma boa ideia.

Não, acho que não seria.

Mudou de tom, apoiou-se no encosto da cadeira e suspirou.

Quando é que Sérgio volta?

No fim do mês. Dentro de umas três semanas, acho.

Diga-lhe que mando lembranças, que espero encontrá-lo.

Farei isto.

Fico contente por você.

Levantou a manga do casaco, olhou o relógio e, aparentando uma repentina surpresa, levantou-se.

Agora tenho realmente de ir, preciso encontrar mais um casal terrível, querem encontrar uma moradia antes de casar, quer dizer dentro de dez dias.

Desejo-lhe sucesso, então.

A mim ou ao casal?

A você.

Afastou-se rapidamente, até desaparecer atrás da primeira esquina.

25

No apartamento ao lado do meu tudo permanecia em silêncio. Ele continuava gentil, de vez em quando eu os via sair, toda a família, pareciam estar em paz, e eu também, no fundo, queria acreditar nisto.
Até aquela noite.

Irene tinha vindo jantar comigo, Mauro ia tocar no teatro e as filhas estavam passando uns dias com os avós, que moravam numa pequena cidade da costa. Eu tinha preparado uns pastéis e um empadão, que, como era de se esperar, Irene criticou, sem me poupar um dos seus pequenos arrotos.

Estão muito secos.
Vai ver que deixei cozinhar demais.
Passe-me a água, parecem cola. Intragáveis.
Tão ruins assim? Deixe-me experimentar.
Você continua sendo um fracasso. Afinal, considerando as cantinas que costuma frequentar, pode até se contentar com esta gororoba.
Como vão as mocinhas?, perguntei para mudar de assunto.
Ilária está bem. A não ser por seus pendores de maltrapilha.
Como assim?
Usa umas roupas, nem vou lhe contar. E além do mais, quer tocar música, como o pai.
E o que há de errado nisto?

Falta-lhe o sentido prático, ora essa. Nem todos conseguem viver de arte.
Eu sei. E Agnese?
O que posso dizer? Só quer me contrariar, parece que só assim fica contente.
Não exagere.
Não liga para o que eu digo, continua saindo com aquele sujeito, o coveiro. Começaram até a fazer planos.
Vão casar?
Só passando sobre o meu cadáver.
De novo, parece que não sabemos falar de outra coisa.
Engraçadinha.

De repente o barulho de vidros quebrados interrompeu a nossa conversa. No começo, pareceu extremamente distante, quase vindo da rua, mas logo a seguir ouvimos os gritos. Irene pulou de pé, o que está acontecendo?, perguntou. Fui até o corredor, os berros de Anna eram desesperados, nunca a ouvira gritar daquele jeito, normalmente suplicava bem baixinho. Mas agora se esgoelava a plenos pulmões, dominada pela voz trovejante do marido e pelo ruído de objetos despedaçados.

Chame a polícia, Irene disse com tom imperativo, e, enquanto falava, ouvi claramente a voz de Anna, socorro, ajudem-me, socorro! Já em pânico, peguei o telefone e disquei o número, mas passei o aparelho a Irene. Corri até a entrada, saí no patamar e comecei a dar socos na porta de Anna, com força, com desespero. Depois de um momento Irene juntou-se a mim, tocou com insistência a campainha, logo a seguir Anita também apareceu, nas escadas outras portas se abriram, o que está acontecendo?, diziam vozes mais embaixo.

Aí a porta de Anna se abriu. Diante de mim apareceu o rosto acalorado do marido, apertava a mão contra o peito, com uma improvisada atadura, sangrava. Abriu caminho dando-me um violento empurrão e precipitou-se escadas abaixo. Entramos, dirigindo-nos para a única luz acesa, e as encontramos ali, no chão, no meio da cozinha devastada. Anna abraçava a filha, segurava a sua cabeça, acariciava-a, fique calma, dizia, já passou, ele foi embora, acabou, olhe para mim, Alice, está tudo acabado, não precisa ter medo, olhe para a mamãe, eu estou aqui, vou cuidar de você.

Quando levantou a cabeça, tinha uma expressão que nunca vira nela, dura, parecia esculpida, e nunca mais iria esquecer o seu olhar, vibrante, ardente, como se pela primeira vez tivesse assistido a alguma coisa inimaginável e pavorosa. Só disse, nós estamos bem, mas chamem a polícia.

Já chamamos, respondi.

26

Não foi fácil, para Anna, acalmar Tommaso. Encontraram-no fechado dentro do armário, escondido entre as roupas penduradas, chorava e soluçava convulsivamente, quase não conseguia respirar. Alice, por sua vez, parecia ter-se acalmado, os amorosos e solícitos cuidados de Irene surtiram efeito, e, depois de um pouco, minha prima também passou a tomar conta de Tommaso. Mudamo-nos todos para o meu apartamento, Anna e os filhos foram para o meu quarto, venham crianças, os mais velhos precisam conversar, mas a mamãe volta logo, há uns doces deliciosos para vocês. Sentados à mesa da cozinha, dois policiais esperavam bebericando café. Anita desaparecera no seu apartamento para voltar, em seguida, com uma jarra de suco para os meninos. Eu sentei ao lado de Anna, segurando a sua mão.

Um dos dois policiais, o mais velho, começou a fazer perguntas, era um homem alto, desconjuntado, parecia um homem seguro de si. O outro, mais baixo, tinha uma barriga que lhe esticava a camisa na cintura, e muito sono, não fazia outra coisa a não ser bocejar. Então, madame, disse o mais velho, poderia nos contar o que aconteceu? Não sei por onde começar, Anna respondeu, engolindo, desculpem, segurava o pranto com profundos suspiros. Entendo, madame, disse o detetive, mas precisamos do seu relato, enquanto isto eu vou fazer umas anotações.

Então Anna, como numa espécie de transe, disse aquilo que até aquele momento não tivera a coragem de dizer nem mesmo a si mesma.

* * *

Disse que o marido vinha batendo nela havia alguns anos, já eram quatro desde a primeira vez, desde que ela dissera estar grávida de Tommaso. Disse que o marido, naquele tempo, acabara de ser contratado pelo novo banco, que tinha de sujeitar-se a horários estafantes pois queria subir na vida, que estava muito ocupado para querer saber de mais um filho. Disse que chegou a agredi-la até mesmo quando já estava no nono mês, que durante a gravidez correu o risco de abortar três vezes devido às surras e a duas quedas. Disse que ele não queria que trabalhasse, que não lhe era permitido sair de casa, a não ser com a mãe. Disse que nos últimos dois anos ele a deixara sem celular e que não lhe permitia usar o telefone fixo, que controlava obsessivamente as contas telefônicas e os números chamados. Disse que não lhe dava dinheiro, que nem mesmo podia cuidar das compras. Disse que, depois das surras, ele sempre se acalmava, voltava a ser gentil e sensível como quando se conheceram, prometia que nunca mais iria acontecer. Disse que tinha todos os registros das internações no hospital, tirara fotocópias das fichas de entrada e as guardara, escondidas entre os lençóis, numa gaveta. Disse que da última vez ficara no hospital uma semana e que ele, mais uma vez, tinha jurado parar, prometido deixar-se ajudar por um especialista, um psicólogo ou algo parecido. E que, no entanto, não fizera nada disto.

Disse que naquela noite ele voltara mais cansado que de costume, que tinha trabalho atrasado para fazer, que jantara taciturno e carrancudo. Disse que depois do jantar ele ficara cuidando de uns papéis, sentado à mesa da cozinha, logo depois dos meninos irem para a cama. Disse que ela convenceu as crianças a não fazerem barulho e dormirem antes da hora, e que elas não se fizeram de rogadas, embora estivessem inquietas, assustadas. Disse que voltara à cozinha para lavar a louça e preparar alguma coisa para o dia seguinte.

Disse que lá pelas onze a filha Alice se levantara porque não conseguia dormir, e que o pai lhe dissera, suma daqui, tenho de trabalhar. Disse ter acenado para a menina se calar, só um pequeno gesto da mão, e que Alice ficara em silêncio, num canto, enquanto ela preparava um chá de camomila. Disse que, enquanto voltava para a cama, a menina tropeçara e a xícara se espatifara no chão. Disse que tudo acontecera porque Alice estava com medo, tensa, sabia que quando papai estava nervoso era preciso tomar cuidado, pois, do contrário, ele descontava na mãe. Disse que ele tinha olhado para a filha com raiva e berrado, eu não falei para ficar no quarto, sua bostinha nojenta?, volte logo para a cama, e peça desculpas, entendeu? Disse que Alice estava tão amedrontada que não conseguia dar um pio. Disse que ele ficara de pé e se aproximara dela gritando, responda, está me entendendo?, responda. Disse que Anna ficara entre os dois suplicando, por favor, não desconte na menina, deixe que volte para a cama.

Disse que ele empurrara-a então contra a cristaleira, que ouvira o barulho dos vidros, as suas costas haviam arrebentado as portas do móvel. Disse que ele pegara uma garrafa vazia, quebrara-a e encostara uma borda de vidro bem embaixo da garganta da filha gritando, já lhe disse para responder e pedir desculpas. Disse que vira a filha gelar, que ouvira barulho de algum líquido pingando, era o xixi de Alice que caía no soalho. Disse que então se jogara em cima do marido com toda a força, que o segurara pelas costas apertando o seu pescoço com o braço ainda engessado. Disse que o gesso se rachara, mas não importava porque já estava mesmo na hora de tirar. Disse que haviam lutado, que ele caíra no chão e ferira a mão com a garrafa. Disse que ela conseguira levantar-se e gritar para pedir ajuda, aí abraçara a filha e a protegera com seu próprio corpo. Disse que ele jogara o caco da garrafa para longe. Disse que, nesta altura, se ouviam as batidas na porta e a campainha que tocava. Disse que ele tirara do bolso um lenço, enfaixara a mão e saíra.

Disse, o resto vocês já sabem.

O policial murmurou baixinho, puta merda.
O outro já não bocejava.

27

O policial mais velho passava as mãos no rosto suspirando, olhava para o colega, que sacudia a cabeça. Então virou para Anna, com a voz muito clara para ela entender perfeitamente o que ia dizer.

A senhora portou-se muito bem, madame, foi muito corajosa, mas agora precisa saber de umas coisas.

Anna anuiu.

Saiba que com todos estes elementos, com as testemunhas, as fichas médicas e tudo mais, podemos denunciar seu marido e levá-lo a julgamento.

Anna anuiu.

Mas fique sabendo que o seu marido continuará livre e com a ficha limpa até prova em contrário. Está entendendo?

Estou.

Fique sabendo que a senhora não pode fugir com as crianças, pois seu marido iria acusá-la de rapto de menor, está claro?

Está.

Fique sabendo que, depois da denúncia, os maus-tratos podem até tornar-se mais violentos. Tem alguma ideia de onde o seu marido se encontra neste momento?

No apartamento da minha mãe, aqui perto, às vezes, depois das surras, dá uma volta e dorme na casa dela.

E fique sabendo que, provavelmente, o seu marido já sabe que fomos chamados. A situação é meio complicada, para a senhora, está entendendo?

Havia demasiados *fique sabendo* naquela conversa.

Anna caiu no choro, meu Deus, dizia, não há solução, quer dizer que não tem saída, o que posso fazer então para defender a mim e aos meus filhos?, mas o policial disse, madame, se acalme, um jeito existe, mas não é fácil, só queria que a senhora ficasse a par de tudo. Anita, que até aquele momento se mantivera calada, interveio com a sua costumeira determinação. A maneira existe, disse, claro que existe, olhe aqui, Anna. Tirou do bolso um folheto que colocou em cima da mesa, leia, já estive lá, conheço uma das voluntárias e pedi muitas informações, se quiser podemos passar lá amanhã de manhã bem cedo. Anna pegou o folheto, insegura e esperançosa ao mesmo tempo, começou a ler. Tratava-se de um centro contra a violência, dizia *Acolhida para mulheres vítimas de violência familiar.*

É justamente o que eu estava a ponto de sugerir, disse o policial. Anita aprovou tocando no ombro dele. A senhora precisa de um advogado que dê imediatamente entrada no tribunal de menores, continuou o homem, precisa de uma psicóloga e de pessoas que lhe sirvam de apoio, à senhora e aos seus filhos, e precisa de um médico. Fitou Ana, muito sério, a senhora é só pele e ossos, não vai conseguir enfrentar uma situação dessa sozinha, era justamente isto que eu queria lhe dizer.

Anna ficou em silêncio, o medo deformava os seus traços. Chorou de novo, aí levantou a cabeça, nos seus olhos embaçados voltei a ver um pouco de luz.

Esta noite ele poderia ter matado a minha filha. Está bem, vamos.

Ouviram-se suspiros, no aposento, tossidelas nervosas. O policial, o mais moço, finalmente tomou a palavra, madame, disse, pelo menos esta noite, até falar com as voluntárias do centro, fique com alguma amiga, ficar sozinha em casa seria muito arriscado. Fez uma pausa, fitou-a fixamente, mas terá de avisar seu marido e dizer onde está hospedada.

Foi então que ouvi a minha voz dizer, Anna, você e os seus filhos podem ficar aqui todo o tempo que for preciso.

28

Já eram quase duas da madrugada quando a casa se esvaziou. Anna deitara na minha cama com Alice e Tommaso. Antes de sair, Anita disse, então está combinado, amanhã estarei aqui uns quinze minutos antes das oito. Irene chamou um táxi, levei-a até a porta, estávamos exaustas.

Meteu-se numa enrascada e tanto, não pôde deixar de comentar.
Fale baixo, eu disse, ela poderia ouvir.
Tudo bem, vou falar baixo, mas já pensou nas consequências?
Deixa pra lá, agora estamos cansadas.
Não pode continuar agindo deste jeito.
E, queira desculpar, mas acha que há outro?
Irene aproximou-se.
Aquele homem é perigoso. Poderia sobrar pra você.
Espero que não.
Em que mundo você vive? Não lê os jornais?
Eu sei, mas espero que as coisas se resolvam de outra forma.
Claro, e todos viveram felizes para sempre. É isto que você espera?
Não, claro que não, mas ainda vale a pena tentar, não acha?
Para aquela mulher, agora começa a parte mais difícil.
Sei disto, e acredito que ela também saiba.
Vestiu o casaco, bufando, e disse, dando-me as costas.
Não adianta, quando você bota uma coisa na cabeça, não dá pra conversar.

Em seguida, virou-se e disse alguma coisa que de súbito não entendi.

De qualquer maneira, amanhã às oito estarei aqui, murmurou.

O que foi que disse?

Amanhã às oito, aqui. Espere por mim.

E por quê?

Não estará pensando em levar com você aquelas duas pobres crianças, estão cansadas e assustadas, amanhã vão precisar dormir. Vou ficar com elas, como baby-sitter.

Fiquei pasma, fiz sinal de abraçá-la, mas ela se afastou e saiu para o patamar.

Obrigada, falei.

Obrigada coisa nenhuma. Quem me botou nesta enrascada foi você.

Sinto muito.

Além do mais, temos de pensar na escola. A mãe não pode levar as crianças, aquele louco poderia raptá-las. Será que você não lê os jornais?, voltou a dizer.

Eu não tinha pensado na escola.

Típico de você. Quer dizer que, de manhã, eu mesma as levarei de carro, e depois irei buscá-las para trazê-las para casa.

Faria realmente isto?

Deixe pra lá esse tom piegas. Vou fazer e não se fala mais no assunto.

Vi-a desaparecer dentro do elevador e fiquei mais uns momentos, parada na porta.

Eu aprontara o sofá-cama no escritório de Sérgio, naquela noite, mas não o usei. Voltei ao meu escritório e sentei à escrivaninha, olhava para fora da janela, pensava na mulher gorda, lembrava aquela tarde, o rosto dela. Quase sem dar-me conta, liguei o computador e comecei a escrever. Fiquei várias horas tiquetaqueando em cima das teclas. À minha volta, silêncio, só mesmo dentro de mim havia barulho, e vozes, e palavras, e, pela primeira vez depois de muito tempo, escrevi alguma coisa que valia a pena.

    Quando percebi que a luz do alvorecer já clareava o aposento, desliguei tudo e me aninhei na poltrona. Só demorei uns poucos minutos para adormecer.

29

Voltamos do centro às onze. Anna caminhava diante de mim e de Anita, não havia sido fácil. Explicaram-nos que o único jeito era resistir. Havia uma vaga para Anna num alojamento com este fim, num local secreto, dali a poucos dias já poderia se mudar para lá com os filhos. Alice teria de mudar de colégio, embora o ano escolar estivesse quase no fim. Uma jovem e decidida advogada, quase com ares de menina levada, começou logo a trabalhar, entrou em contato com as organizações de bairro, com a assistência social, com o tribunal de menores e chamou a irmã, em Milão. Anna e ela se falaram. Anita e eu ficamos esperando numa pequena sala, ouvimos quando Anna chorou e gritou, e agora olhávamos uma para a outra em silêncio.

Ao chegarmos ao nosso andar, encontramos a mãe de Anna, furiosa, o olhar duro e a boca estreita que parecia uma lâmina. Dirigiu-se somente a ela, venha comigo, Anna, vamos entrar logo. Anita intrometeu-se.

Não está interessada em saber o que houve com a sua filha?

A mulher fez de conta que não era com ela, voltou a dizer, Anna, pegue as crianças e vamos entrar logo. Aí encarou Anita e a mim, com raiva, aquela malcriada acaba de me tratar como se eu fosse uma vigarista, gritava apontando para o meu apartamento, estava claro que se referia a Irene. Disse que os netos ainda dormiam, continuou, e que eu só poderia vê-los depois de você voltar, está entendendo, Anna, o que ela teve o atrevimento de me dizer?, e aí bateu a porta na minha cara, e até desligou a campainha para que eu deixasse de tocar e ameaçou chamar os *carabinieri*, está se dando conta, Anna, da humilhação à qual tive de me sujeitar?

Anna só respondeu, eu não volto para casa, mãe, fico aqui, com a Margarida.

A mulher ficou branca, por um momento pareceu sem fôlego. Apoiou-se no corrimão, recobrou-se e berrou, será que está ficando louca, o que pensa que está fazendo? Deixou que estas mulheres fizessem a sua cabeça? E o que tenciona fazer, depois, Anna, o que pensa que vai fazer?

Irei embora, mãe.

A mulher aproximou-se dela, incrédula, ouça o que estou lhe dizendo, minha filha, sabia que o seu marido passou mal? Hoje de manhã, dom Morena encontrou-o na escadaria da igreja, estava em estado de choque, ficou andando sem meta a noite inteira, tinha um ferimento feio na mão, dizia que queria morrer, que não pode viver sem você, pedia para ser ajudado.

Isto não interessa, disse Anna, fitando a mãe nos olhos. Mas, só para você saber, ontem não foi a mim que ele atacou, ele ameaçou Alice.

A mulher emudeceu. Meneava a cabeça chorando, começou a falar com Anna com doçura, acariciava o seu braço, aquele que até um dia antes estava engessado, ouça, fique na minha casa, comigo, só precisa ficar lá alguns dias, terá tempo para se recobrar, e enquanto isto Sandro poderá procurar alguém que o ajude, que ajude ambos, poderão ir juntos, até dom Morena diz isto. Convenceu-o a tirar umas férias, a esquecer por algum tempo o trabalho, está tão cansado, você nem imagina. Ficará hospedado na casa de um amigo, terá tempo para pensar, você vai ver. Mas você, por que chamou a polícia? Que vergonha, todos sabem, agora, não era o caso, devia chamar a mim, eu viria logo, você sabe disto, sabe que eu faria qualquer coisa por você, talvez tivesse sido melhor esperar, e além do mais ele ama você e os filhos, e você também o ama. Eu sei que está errado, mas às vezes erra justamente por amor demais, está entendendo?

Não, mãe, acho que não entendo.

A mãe de Anna deu um passo para trás, a sua expressão mudou, como se tivesse vestido uma máscara ameaçadora. Escancarou a boca de forma vulgar, numa espécie de risada sem som, fitou a filha com petulância e disse, como quiser, menina, faça o que lhe der na veneta, muito bem, mas já pensou no que será de você depois, já pensou? Você não tem coisa alguma, nadinha mesmo. E agora ainda tem o topete de dizer estas coisas! Pense nas crianças, pense em você mesma, e se não quiser fazer isto por você, então faça por mim, pense na sua mãe, em tudo aquilo que eu tive de aguentar, na vida miserável que tive de levar para criar você e a sua irmã, sua mal-agradecida.

Anna virou-se para ela e fitou-a, como se olhasse para alguma coisa podre, deu um passo para trás e com voz firme, sem gritar, disse,

suma daqui, e pare, pare de me pisotear.

30

Passou quase uma semana, e não foi fácil, mas disseram que era preciso esperar e aguentar por mais alguns dias, agora só faltava um pouco.

As funcionárias do centro foram gentis. Uma delas, com a qual mantivemos mais contato, chamava-se Lucia, uma mulher alta e bonita, de longos cabelos castanhos, pele trigueira e olhos verdes. Quem se encarregou de quase tudo, no começo, foi ela. Levou Anna para casa e ajudou-a a fazer as malas, juntou as roupas, os brinquedos e os livros de Tommaso e Alice, e deixou-os comigo. Anna estava sempre acompanhada, nunca foi deixada sozinha. Estabelecemos horários, com Lucia, para poder escoltá-la ao centro comunitário, ao consultório médico, ao tribunal de menores e à polícia. Também foi apresentada a um psicólogo, que mais tarde iria acompanhar Alice e Tommaso.

O marido dela não chegou a dar sinal de vida, e tampouco voltamos a ver a mãe. Então, certo dia, encontramos um envelope embaixo da porta, era uma carta. Anna pegou-a e começou a ler, a voz lhe formava um nó na garganta. Ele pedia para ser perdoado, prometia fazer todo o possível para se curar, jurava que nunca mais iria importuná-la, que aceitaria de bom grado os encontros vigiados com os filhos, conforme nós lhe havíamos comunicado, que se sujeitaria às regras sem criar problemas. Dizia que naqueles dias estava hospedado na casa de um amigo, Filippo, um jovem paroquiano, e que não tencionava entrar mais no apartamento, só estivera lá uma vez para pegar umas roupas, ela podia, portanto, ficar à vontade para mudar a fechadura, se assim quisesse, que só voltaria para lá se ela o convidasse. Mas, mesmo sem estar em condições de negociar, havia uma coisa em que ele insistia: estava disposto a aceitar tudo, mas pedia em troca que ela voltasse para casa com as crianças, pois Alice e Tommaso precisam viver entre as paredes domésticas onde foram criados, assim escrevia, e não no apartamento de uma desconhecida. Também dizia que a amava ternamente, que todos diziam que era culpa do trabalho no banco, e então ele sairia de lá, esqueceria o maldito emprego, pois o seu desejo era ficar com a família, para sempre. Aquele *para sempre* assustou-me. Soava sinistro e definitivo. Naquele dia Anna ficou um tempão no banheiro, como aliás costumava fazer, e saiu de lá com os olhos inchados.

Irene, que neste período se demonstrava particularmente conciliadora, tomou conta das crianças. Levava-as à escola e trazia-as de volta para casa, e quase sempre ficava até tarde. Eu preparava o jantar e, depois de a mãe ajudar os filhos com os deveres de casa, ficava brincando com eles, lendo histórias. Alice e Tommaso nunca perguntaram, nem uma única vez, pelo pai. Vez por outra ligavam para a avó, que, entretanto, não se demorava com eles, fechada em sua indignação, só mesmo umas poucas palavras.

Quem, por sua vez, ligou foi a irmã de Anna, de Milão, e até eu cheguei a falar com ela umas duas ou três vezes. Anna explicou que na realidade, nos últimos anos, haviam mantido contato, e até se encontrado, mas sempre às escondidas. Não contara a Beatrice das surras, mas dissera que o marido era intransigente e não queria que se frequentassem por respeito à sogra, de forma que tirava uns trocados da bolsa da mãe e ligava de um telefone público. Contou-me da fuga da irmã, treze anos antes, ainda muito jovem, de noite e sem dizer nada a ninguém. Durante muito tempo Anna a odiara, porque conseguira rebelar-se, dizer não àquela mãe estéril e egoísta, enquanto ela não tinha coragem. Quando conhecera Sandro, parecera-lhe que era uma oportunidade, e por algum tempo chegara até a ser feliz, o casamento, uma casa só dela, um homem gentil, pelo menos era o que ela pensava, e finalmente a possibilidade de viver longe da mãe. Mas as coisas tomaram um rumo diferente. A muda aliança do genro com a sogra acabara tornando-se a sua prisão e o seu pesadelo.

Certa tarde, Irene me disse, séria, vem ver. Dirigiu-se à janela da sala, Anna também veio. Chovia, lá fora, e ali estava ele, sentado numa mureta, de olhos fixos em nós. Não caia nesta, Anna, Irene disse na mesma hora, só quer amolecer o seu coração, mas você precisa ser forte, deixe que fique encharcado, não ligue para ele. Anna não replicou, limitou-se a dizer, desculpem, preciso ir ao banheiro. Na calada da noite, lá pelas três, ouvimos tocar o interfone. Ambas levantamos, e fomos até a entrada. Anna estava como que paralisada. Olhava em meus olhos quase a perguntar o que faríamos, e tremia. Pedi que ficasse calma, assegurei-lhe que nada podia acontecer. Mas logo a seguir a campainha do patamar começou a tocar com fúria, ouvimos Tommaso chorar no quarto e Alice gritar, mãe fique conosco, e então socos na porta, Anna, eu me mato, se não sair daí pelo menos por um segundo, eu me mato. Em seguida, ouvimos a voz forte e decidida de Anita, se não for embora logo chamarei a polícia, e ele foi embora.

Na tarde do dia seguinte, Anita chegou com um embrulho, abriu-o, eram três apitos de aço, são como os dos guardas de trânsito, disse, um amigo meu me deu, são melhores e mais rápidos que o telefone. Se acontecer alguma coisa, vocês apitam, é impossível que alguém não escute. Vamos experimentar?, perguntou. A esta hora, está louca?, disse Anna, e riu. Aí levou os dedos aos lábios, assustada.

* * *

Ele começou a circular amiúde diante do portão, continuando a sentar na mesma mureta. Quando eu saía, percebia os seus olhos que me acompanhavam, mas não me virava nem olhava para ele, como me haviam sugerido fazer. Certo dia, encontrei a Parodi, a do segundo andar, com a cabeça cada vez mais alaranjada e desgrenhada, estava de franjinha, agora. Estávamos na entrada, diante do elevador, ela virou-se e deu uma olhada nele. Admito, disse, é um tanto violento, mas coitado do homem, olhe para ele, dá um aperto no coração, a senhora não acha?

Não respondi.

31

Certa tarde, estávamos sozinhas em casa, Anna e eu. Acontece que às vezes Anita e Irene levavam Tommaso e Alice a algum lugar, para a piscina ou o parque, desta vez tinham ido ao Aquário. Anna estava deitada na minha cama, dormia tranquila entre os brinquedos do filho, a cabeça apoiada num grande urso de pelúcia que lhe servia de travesseiro.

Eu aproveitei para escrever alguma coisa. Sentei diligentemente diante do computador e fiquei trabalhando por um bom tempo, até ouvir os passos de Anna, que perambulava pela casa. Normalmente, quando não descansava, costumava ficar na sala, pegava algum livro e o folheava. Naquela tarde, no entanto, lá estava ela atrás de mim, estou incomodando?, perguntou, não, absolutamente, estava mesmo a fim de parar um pouco.

Deixou-se escorregar na poltrona, parecia querer dizer alguma coisa, sorriu timidamente.

O que está escrevendo?
Um romance, ou pelo menos pedaços de romance, por enquanto, depois a gente vê.
Ela suspirou, mostrou-me um livro que tinha encontrado nas estantes.
Não consigo lê-lo, disse.
Por quê?
É estranho. É como se a minha cabeça não fosse mais capaz.
Como assim?
Não consigo concentrar-me, só consigo ler umas poucas

linhas, aí a mente fica como neblina, não entendo o que li, preciso voltar atrás o tempo todo.

Meneou a cabeça, com gesto conformado colocou o livro na mesinha ao lado.

Dê um tempo, precisa ser paciente, eu disse.

Eu sei, já me explicaram. E pensar que costumava ler um livro por semana.

É mesmo?

Pois é. Agora já me parece um milagre conseguir pensar por dois minutos seguidos.

Não fiz comentários. Ela mostrou outro livro.

Este aqui é de poesias, disse, li uma curtinha e, imagine só, consegui até entendê-la, parece perfeita para como eu me sinto.

Era uma antologia de poetisas árabes contemporâneas. Anna folheou-a, encontrou a página e lentamente, entre as lágrimas e um sorriso, leu uns versos de Fawziyya Abu Khalid.

Cãibras que atormentam o meu corpo...
Se eu tivesse de respirar profundamente
a pele dilacerar-se-ia.

De repente levantou, o seu rosto pareceu-me ainda mais magro e triste, aproximou-se da janela e olhou para o prédio em frente.

Lembra aquele dia?, perguntou.

Claro, não dá pra esquecer.

Estávamos aqui, brincando, e aquela mulher jogou-se no vazio bem diante de nós, e eu me vi do mesmo jeito, talvez daqui a uns dez ou vinte anos, pode ser que não haja mais surras, mas o que será de mim?

Cheguei perto, rocei na sua mão, ela segurou a minha e apertou-a com força.

Ontem à noite pensei que, se voltar atrás, acabarei como ela, dá pra você entender? A não ser que ele me mate antes.

Respondi que sim, eu entendia.

* * *

Ficamos em silêncio, não sei por quanto tempo, olhávamos para a janela da mulher gorda, e, voltando a pensar no assunto agora, poderia afirmar que foram minutos, ou horas, daria na mesma. Certos instantes parecem durar uma vida inteira, e certas vidas parecem passar num instante

32

Tommaso era um menino cheio de vida, afetuoso, gostava de receber carinho de todos, podia pendurar-se no seu pescoço para dar-lhe um beijo, chamava a nós todas de *tia*, tia Margarida, tia Anita, tia Irene, tia Lucia. Na hora de comer, no entanto, era um problema. Mal sentava à mesa e já começava a tremer. Não chorava, ainda mais porque, como Anna explicou, o pai não permitia fricotes na mesa. Era um momento delicado, aquele, ela contou, comia-se em silêncio, o único a falar era ele, fazendo perguntas que deviam ser imediatamente respondidas, como foi na escola?, então?, o que fizeram hoje?, as coisas de sempre, mas se um de nós se distraísse, podia acontecer qualquer coisa, os pratos podiam acabar na parede, ele podia virar a mesa. As crianças fugiam para o quarto, enquanto ele desabafava comigo acusando-me de não saber educar os filhos.

Comia com muito esforço, Tommaso, engolindo a comida como se fosse a pior tortura do mundo, e ficou surpreso certa noite, quando Anita lhe disse, se não gostar, não precisa comer, dê uma olhada por aí e veja se encontra alguma coisa do seu agrado. Ficou indeciso diante daquele convite, mas levantou-se, abriu a geladeira e perguntou, posso comer isto?, indicando um pedaço de queijo. Então Anita, antes do jantar, começou a deixar em algum canto um prato de massa ou qualquer outra coisa, e toda noite ele pedia permissão e procurava. Examinava os armários e a geladeira, como numa espécie de caça ao tesouro, e sempre acabava encontrando o que Anita tinha preparado para ele. Não sabíamos se era a coisa certa a fazer, mas Tommaso parecia achar graça na brincadeira. Na verdade, o que ele queria mesmo era nos pôr à prova.

A que mais me preocupava, entretanto, era Alice. Continuava a mostrar-se desconfiada e arisca com todos, nunca falava, a não ser para soltar uma das suas frases cínicas. Certa noite, à mesa, Tommaso olhava como sempre o seu prato, suspirando. Alice, de repente, disse, mexa-se Tommaso, acho melhor você comer, pois sabe lá se aonde vamos ainda haverá comida para nós. Anna repreendeu-a, pare de bancar a sabichona, só tem doze anos, disse. Ela olhou para a mãe com ódio e continuou a comer.

Podia ficar horas diante da tevê, sem nem olhar. Não participava das conversas, dizia sempre e somente *não me interessa*, ficava no seu canto contemplando o nada, e, na escola, ia de mal a pior.

Certa tarde, Lucia veio buscar Anna e Tommaso para a primeira consulta com o doutor Salvi, o psicólogo. Alice ficou em casa comigo. Não esperava conseguir conversar com ela, mas, de qualquer forma, tentei.

Que tal a gente assistir a um bom filme?
Não me interessa.
E uma xícara de chocolate, gostaria?
Não me interessa.
Como quiser, se mudar de ideia, estou na cozinha.

Fui embora desanimada, botei o bule com a água no fogo para preparar um chá e fiquei surpresa ao vê-la entrar no aposento. Sentou à mesa e olhou para mim com alguma curiosidade.

Quando crescer quero ser como você, disse de repente.

Sentei ao lado dela.

E como é que eu sou?
Não pretendo me casar, quando crescer, quero ficar sozinha, sem querer bem a ninguém. Como você.

Fiquei sem palavras diante daquele quadro preciso de um ser humano sem esperança.

O que a leva a pensar que eu sou assim?, perguntei.

Está sempre sozinha. Além do mais, é o que a vovó diz.

O que mais diz a vovó?

Que você é uma solteira sozinha, e que não gosta de ninguém.

Sorri para ela, colocando uma xícara na mesa.

Ela está errada. A sua avó não me conhece nem um pouco.

E de quem você gosta, então?

De um montão de pessoas.

Como quem?

Muitas delas você não conhece. Mas algumas, sim. Irene, por exemplo, e também Anita. E, agora, também gosto de Anna e de vocês.

Mas você mal nos conhece.

Não há regras de tempo, para certas coisas.

Vovó diz que sim.

Eu não acho. Do contrário, a gente jamais se apaixonaria.

E você está apaixonada?

Estou. E não precisa fazer essa cara.

Tem um marido?

Algo parecido.

E como é que ele nunca está por aqui?

Agora está trabalhando num lugar distante. Mas vai voltar.

Onde?

Num país em guerra. Chama-se Afeganistão.

É militar?

Não, jornalista.

E o que é que ele faz?

Apaguei o fogo sob o bule que apitava, vem comigo, disse para ela. Entramos no escritório de Sérgio. Encostado na parede, o sofá-cama que se tornara o meu refúgio noturno estava aberto e desarrumado. Alice olhou em volta, reparou nos cobertores jogados de qualquer maneira.

    Não esticou a cama, comentou.
    Esqueci.
    Só porque o seu marido não está, não é?
    Por que diz isto?
    Ele não fica zangado quando você não estica a cama?
    Não. Ele não fica zangado.

Pareceu-me perplexa e desconfiada, como de costume. Olhei para ela. Tinha herdado alguns dos trejeitos da avó, aquelas caretas cheias de dúvidas, acompanhadas de frases cortantes, quase a deixar bem claro que não acreditava em tudo que você lhe dizia. Sente, vou lhe mostrar uma coisa, disse para ela. Peguei uma caixa de papelão que continha muitos artigos e reportagens de Sérgio, aí escolhi outra. Eram fotos ampliadas, algumas até premiadas. Fiz uma rápida seleção, deixei de lado as mais cruentas e entreguei a Alice o resto.

    Nesta foto, também aparece Sérgio.
    Este aqui?
    Ele mesmo.
    É o que liga todas as noites?
    É.
    É meio velho, mas é bonito.
    Isso mesmo, respondi.

Juntei na mesa uma pilha de fotos que queria mostrar e empurrei-a para ela. A princípio, pareceu olhar sem muito interesse, com condescendência, mas aí reparei que começou a observá-las

com atenção, até nos detalhes. Pois é, eu disse então, aqui já tem bastante para você fazer uma ideia. Muitas foram tiradas no Kósovo, durante a guerra, e aqui está um mapa, se por acaso quiser saber onde fica o Kósovo. Pode olhar com calma, aí me conte de qual gostou mais.
 Ela ficou me fitando, muito séria.
 Já entendi, prefere ficar sozinha.
 Isso mesmo, você já entendeu.

Voltei ao meu chá e ao meu trabalho. Depois de uma hora, levantei-me e, na ponta dos pés, cheguei perto dela. Tinha espalhado as fotos por todos os lados, algumas estavam enfileiradas na mesa, aí examinava outras que podiam substituir umas que já tinha escolhido, e empilhava as descartadas na mesinha ao lado.
 Então, já decidiu de qual gosta mais?, perguntei.
 Ainda não, bufou.
 OK, demore quanto quiser.
 De qualquer forma, até que eu gostaria.
 Do quê?
 De ser jornalista de guerra.
 É correspondente, não jornalista.
 Está bem, correspondente.
 É mesmo? E por quê?, perguntei.

Virou-se para mim com um sorriso indiferente.

 Porque estou acostumada com as guerras, respondeu.

33

Ele voltou a aparecer. Certo dia, na hora do almoço, Irene me ligou assustada, está aqui fora, na frente do colégio de Alice, apoiado no meu carro, o que vou fazer? Respondi que ficasse calma, que não saísse do prédio, vou chamar Lucia agora mesmo e falo com você logo depois, e procure acalmar Alice. Sim, parece fácil, ela bufou.

Lucia chegou acompanhada por um policial, aproximou-se e, com a maior gentileza, explicou que ele não podia portar-se daquele jeito, que agora havia regras a serem respeitadas, que o tribunal de menores decidira que podia ver os filhos, é claro, mas em encontros protegidos e com horário marcado. Ele deu uns pontapés no carro de Irene e foi embora.

Voltou a aparecer todas as noites embaixo da nossa janela, certa vez estava visivelmente bêbado, ainda bem que Tommaso e Alice já estavam na cama. Anna espiava através das cortinas, tinha os olhos embaçados, mas não vi lágrimas correndo pelas suas faces. Ficaram ali, penduradas nas pálpebras, como refreadas. O que irá fazer agora?, perguntou-me com um fio de voz. Ele continuava ali embaixo, com uma garrafa que acabou espatifando contra o muro. Ouvimos o barulho do vidro que estourava. Anna estremeceu. Eu também estava com medo, teria gostado de estar longe dali, longe de tudo.

Logo a seguir, nós o ouvimos subir as escadas, só podia ser ele, ambas tínhamos certeza disto, bastou olharmos uma para a outra. Bateu baixinho na porta, não gritava como de costume, eu lhe peço, Anna, abra só um momento, estou muito mal, não vejo mais você, não vejo as crianças, por favor, tenho umas fotos aqui comigo, pode pelo menos ficar com elas?, são as das crianças, deixou todas em casa, dá-se conta de que saiu sem pegar uma foto sequer dos seus filhos?, Anna, eu lhe peço, estou calmo agora. Anna fez sinal de ir à porta, mas eu a detive, não, Anna, não acho bom. Ela fitou-me com ar suplicante, então se aproximou, espiou pelo olho mágico e disse, passe por baixo se quiser, uma por uma. Vi as fotos aparecendo por baixo da porta, uma de cada vez. Retratavam Tommaso no berço ou na creche, fantasiado de anjo para a apresentação de Natal, Alice no carrinho ou cavalgando um pônei. Anna pegava-as chorando, está bem, obrigada Sandro, mas já chega, acho melhor você ir embora, eu lhe peço. Boa-noite, ele disse, e Anna pareceu aliviada. Mas logo a seguir bateu de novo, baixinho, Anna? Já lhe disse, por favor vá embora. Decidi intrometer-me, ouça, senhor Armandi, disse com a voz mais firme que consegui imitar, se não for embora logo chamarei a polícia. Ele suplicava, senhora Malinverni, eu lhe peço, não quero fazer mal a ninguém, só gostaria de falar com a minha mulher, por favor. Dirigiu-se de novo a Anna, por favor minha pequena, poderia abrir só por um momento? Só gostaria de ver o seu rosto.

    Não vou abrir, pare e acabe com isso.
    Por que não voltou para casa como eu pedi na carta? Leu a carta, não leu?
    Li, sim, mas agora vá embora.
    Está chorando, Anna?
    Por favor, eu lhe peço,

Houve um momento de silêncio, achamos que tivesse realmente desistido, mas, ao contrário, de repente, a sua raiva explodiu. Começou a dar socos e pontapés na porta, depois a investir contra ela, não era uma porta sólida, podia vê-la vibrar depois de cada empurrão, receava que se escancarasse, eu nem tinha passado o trinco por dentro. Fiquei gelada, perdi o controle de mim mesma, como se de uma hora para outra o mundo tivesse ficado escuro, tive de apoiar-me no encosto de uma poltrona para manter-me de pé.

Ele continuava, cada vez mais furioso, abra a porta sua puta maldita, abra que vou matá-la, arruinou a minha vida, abra que vou cortar a sua garganta, berrava como um louco. Anna, na maior aflição, botou a mão no bolso, pegou o apito e começou a apitar com todo o fôlego que tinha nos pulmões, chorava e soprava.

Detive-a, já foi embora, eu disse. Naquela mesma hora, Anita tocou a campainha. Abri a porta, acalme-se, Anna, saiu correndo, tranquilizou-a, aí chegou perto de Alice e Tommaso, que estavam de pé, petrificados no corredor, nem tínhamos reparado na presença deles. Anna continuava a apitar e chorar, acalme-se agora, voltei a dizer, pare com isso, os meninos estão aqui, mas ela chorava e dizia, não aguento mais, não aguento mais, não deveria ter falado com ele, desculpem.

Nesta altura, quem falou foi Alice, com desdém, olhando gelidamente para ela.

A vovó está certa, disse. Se você não consegue cuidar de si mesma, como pode pensar em cuidar da gente.

34

Apesar da hora, liguei para Lucia e contei o que havia acontecido. Falei do assédio diante de casa, das súplicas atrás da porta, e da sua violência, as ameaças, do descontrole de Anna e da minha fraqueza. Sinto-me culpada, repetia, devia ter dado conta da situação, mas estava como que paralisada, não é fácil para mim, sinto muito. Também falei da reação de Alice, da sua raiva pela mãe e do seu exasperado cinismo. Não lhe escondi os meus receios, receava que aquele homem nunca se conformaria, e só podia imaginar o pior. Ela ouviu atentamente, sem me interromper. Por fim, disse,

Precisamos agir rápido, muito rápido. Amanhã ou logo depois vamos tirá-la daí.

Na manhã seguinte, saí bem cedo. Comprei uns pãezinhos quentes, tomei café na rua, ao ar livre, tinha vontade e necessidade de caminhar entre as pessoas, de ouvir as suas conversas normais, de observá-las passeando, de ir ao supermercado, de comprar o jornal. Mais tarde fui à livraria de uma amiga, especializada em livros infantojuvenis, e comprei alguma coisa para Tommaso e Alice, e também um bonito livro de fotos para ela. Escolhi alguns contos e romances para Anna, dos escritores e escritoras que eu mais amava, e fiquei pensando se já os conhecia.

Quando cheguei em casa, já era quase meio-dia, nas escadas o costumeiro aroma do almoço recém-preparado e, no patamar, silêncio. Enfiei a chave na fechadura, imaginando ver Tommaso e Alice, já me vendo folhear com eles os volumes que tinha comprado, mas só havia Anita à minha espera. Sentada na sala, olhava calmamente para mim.

 Foram embora, disse, há uns dez minutos. Lucia chegou com outra voluntária, tudo aconteceu muito depressa, tentei ligar para o seu celular, mas estava desligado.

 Fiquei estática, olhando para ela, incrédula, aí me zanguei, como assim, foram embora?, nem chegamos a nos despedir, para onde os levaram? Anita apoiou dois dedos nos meus lábios e sorriu, pode ficar tranquila, vamos vê-los de novo, disse, mas não imediatamente. Levará algum tempo. Agora já é hora de voltarmos a viver nossas vidas, pois é, você também não acha, Margarida?

 Encaminhou-se à porta e, antes de sair, olhou para mim.

 Já ia esquecendo. Antes de ir, Alice deixou uma coisa para você.

 Onde?

 Lá dentro, no seu quarto.

Entrei no aposento que voltaria a ser meu quarto de dormir. Tudo certo e arrumado, a cama esticada, todo resquício de brinquedos, roupas, pincéis atômicos, sapatos, havia desaparecido. Nada denunciava que haviam estado ali.

 Só havia uma foto, em cima da cama, uma do Kósovo. Retratava uma mulher segurando uma máquina fotográfica, uma bonita e jovem colega de Sérgio que abraçava duas crianças, um menino louro e uma garotinha um pouco mais velha, também loira e de pele clara.

 Um papelucho estava preso à foto com um clipe.

 Escolhi esta, tchau. Alice.

35

Só voltei a ver Anna depois de vinte dias. Enquanto isto, eu voltara à rotina de sempre. Trabalhava, agora, de manhã bem cedo e à noite, tanto assim que às vezes até me esquecia de comer. Podia continuar até de madrugada, mas afinal de contas era assim mesmo que eu escrevia, mergulhando de cabeça sem pensar em mais coisa alguma.

Só concedera-me umas duas ou três noites longe da escrivaninha, a primeira na casa de Anita, para uma das costumeiras reuniões diante de um filme. Desta vez tratava-se de *A zaragateira*, com Anna Magnani. Anita escolhia os filmes com o maior cuidado, desde os mais conhecidos aos mais raros. Nem todas concordavam, algumas se queixavam, são tão cacetes às vezes, diziam. Ninguém sequer pensava, no entanto, em contestar as escolhas de Anita. Estavam todas fascinadas pela professora, como a chamavam. Sentavam caladas e assistiam ao filme em religioso silêncio, e só depois o comentavam animadamente, embrenhando-se em discussões absurdas, que às vezes quase se transformavam em brigas, não diga bobagens, logo você que até ontem só costumava ver *Beautiful*! Quando não conseguia acalmar os ânimos, Anita pronunciava as palavras mágicas, meninas, já passa da meia-noite, e então todas se apressavam à porta, meu deus, como é que vou conseguir acordar amanhã?

E também houve o jantar com Irene.

Certa manhã, quem ligou foi ela.

Preciso de você, disse, e eu fiquei surpresa.

O que houve?

Entreguei os pontos, pelo menos em parte.
Como assim?
O indivíduo vai estar aqui, esta noite.
Que indivíduo?
Esteja aqui às oito, o coveiro vem jantar com a gente.

Aceitei o convite sem muito entusiasmo, para dizer a verdade. Não tinha a menor vontade de participar daquele encontro, e receava-o mais que uma consulta no dentista. De qualquer maneira, cheguei bem antes da hora, para poder escapulir mais cedo. O apartamento de Irene estava limpo e impecável, como de costume, nisto ela se parecia com a mãe. Para ela, assim como para a tia Rita, a limpeza era beleza e bondade, sinônimo de conforto e segurança. A desordem, ao contrário, era algo desestabilizador, alguma coisa que devia ser banida. Na casa dela, absurdo dos absurdos, ainda se usavam e se usam até hoje os paninhos de lã embaixo dos sapatos, para não riscar o chão, que era e continua sendo lustroso e imaculado. Às vezes os hóspedes eram poupados daquele esfrega-esfrega, mas não nesse dia. Acha que realmente é preciso?, eu disse me esforçando para arrastar os pés naqueles troços, faziam com que todos nós parecêssemos uns bonecos. Claro que sim, Irene rebateu, teimosa, não está vendo que encerei o chão? Não fiz comentários, não me parecia a ocasião certa.

Agnese se parecia com a mãe de forma perturbadora, tão certinha e meticulosa quanto ela. Mal tive tempo de chegar, quis logo mostrar-me o seu novo quarto, presente dos seus vinte e três aninhos de vida, recém-reformado e decorado. Ao entrar só falei, oh, bem, é muito rosa, pois francamente não sabia o que mais dizer. Parecia uma espécie de *bombonière*, enjoadamente arrumada, com cada coisa no devido lugar, cada objeto colocado com precisão exasperadamente estudada. Agnese mostrava-o cheia de orgulho, delicioso, não acha?, repetia, sem perder-me de vista um só momento.

Cuidado, se botar as mãos ali vai deixar as marcas.
Hum.
Não, Margarida, por favor não sente na cama, vai amassar o edredom.
Oh, queira perdoar.
E procure não pisar no tapete, é branco, como pode ver.
Sim, claro, desculpe. Que tal a gente voltar para a sala?

Ilária era completamente diferente, lembrava o pai. Era uma estranha mescla de adolescente e de mulher adulta, talvez devido àquela sua forte personalidade. Não era bonita, mas dispunha de um charme discreto que fascinava. Irene não aprovava o seu jeito, vivia a repreendê-la pela maneira com que se vestia, pelos seus movimentos, parece um moleque, dizia, mas acho que, no fundo, a admirava, dava-se conta da sua inteligência e segurança, e isto a envaidecia. Ilária estava com quinze anos, nesta altura, mas ficara logo claro, desde a infância, que não seguiria o mesmo caminho da mãe ou da irmã. O que era fundamental para elas, o mais rigoroso respeito pela forma e pelas aparências, era para Ilária totalmente desprovido de sentido. A casca não me interessa, dizia brincando, mas tampouco se perdia em acaloradas e inúteis discussões para convencer a mãe do contrário. A contragosto, seguia as instruções de Irene, só para contentá-la, ou pelo menos para convencê-la disto.

Às oito em ponto, bem na hora, o interfone tocou. Agnese foi abrir o portão elétrico, Irene e eu aproximamo-nos da janela. Acompanhamos a manobra dele para estacionar o carro no pátio interno. Não tinha vindo de rabecão nem estava usando um terno preto, Irene suspirou. Não demorou para entrar na sala. Avançou pelo corredor duro como um boneco, patinando desajeitadamente nos paninhos preparados para ele. Chamava-se André, e apresentou-se com uma mesura e um ramalhete de flores para a dona da casa. Mauro observava a mulher, que as aceitava com visível

desconfiança, e sorria achando graça. De um só fôlego, ela disse, obrigada, muito gentil da sua parte, o banheiro é ali, pode lavar as mãos, a toalha dos hóspedes é a azul. Aí desapareceu na cozinha para arrumar as flores
 Fomos atrás dela, o marido e eu, deslizando conformados nos malditos panos de lã. Reparou, não há crisântemos, ele sussurrou em seus ouvidos antes de voltarmos para a sala. Ela não fez comentários, mas respondeu com um olhar incinerador.

 Não entendo o que é que você acha tão engraçado, falou logo em seguida para mim.
 Talvez o fato de você estar exagerando.
 Mas olhou para ele?
 O que é que tem?
 Só falava com você e com Mauro, ou então se dirigia a Ilária.
 Claro, parece-me óbvio, você parecia examiná-lo como um espécime de laboratório. Devia sentir-se constrangido.
 Não vejo por quê. E reparou nos sapatos?
 O que têm, os sapatos?
 Estão brilhando demais.
 Acharia melhor se estivessem empoeirados?
 Pare com isso.
 Parece-me um rapaz como qualquer outro.
 Pois é. E além do mais, com aquele seu trabalho idiota.
 Pelo menos não corre o risco de ficar desempregado.

Fiquei imaginando o pior quando sentamos à mesa. Irene estava nervosa, não parava de olhar para ele com uma careta cética, não dizia uma única palavra, estava no limite do suportável. Mauro e Ilária trocavam olhares cúmplices, só Agnese parecia tranquila, tranquila até demais.
 Então aconteceu alguma coisa. De repente, ele pediu desculpas e tirou do bolso um vidro de pílulas, que apoiou na mesa.

Irene esbugalhou os olhos, esticou a mão e passou os dedos no remédio.

Ora, se não são as pílulas do doutor Babata, disse surpresa. Acho que sim, ele disse timidamente, tomo devido a alguns problemas de estômago. Quem me falou nelas foi um amigo, são formidáveis, mas não tive o prazer de conhecê-lo, o tal doutor.

Mas eu sim, eu o conheço. Conheço pessoalmente, Irene exclamou iluminando-se. E faço questão que o senhor também conheça, acrescentou.

Olhei para Agnese. Estava corando, mantinha os olhos no prato, com todo o cuidado para não cruzar com os olhares meus ou do pai. Não fiquei surpresa, só pensei, tal qual a mãe, no conjunto, um resultado desastroso. Irene tinha criado um pequeno monstro.

O jantar não podia acabar de forma mais satisfatória, certamente muito melhor do que qualquer expectativa. Irene passou a portar-se com o novo hóspede como solícita e acolhedora dona de casa, conversou amavelmente com ele pelo resto da noite, serviu uma torta deliciosa, insistiu para que ele levasse consigo pelo menos mais uma fatia.

Lá pelas onze me despedi, preciso realmente ir embora, eu disse desculpando-me, amanhã tenho que trabalhar. Irene levou-me até a porta, eu tirei da bolsa um pequeno embrulho e lhe entreguei. Ela abriu-o cuidadosamente, como sempre fazia, para depois guardar a fita e o papel, nunca se sabe, dizia, a gente pode acabar precisando.

Ficou em silêncio, apalpava a moldura com a ponta dos dedos, os seus olhos estavam úmidos. Era uma foto dela com a minha mãe, estavam abraçadas e riam, Irene uma garotinha de onze anos, mamãe com o costumeiro casaco de lã em cima dos ombros.

Tia Lena, disse baixinho.

Eu tinha encontrado o retrato numa das caixas que guardara no cubículo. Desde sempre as mantinha fechadas, seladas, já tinham passado por várias andanças e mudanças, e permaneciam intocadas, eu mal me lembrava do que havia lá dentro. Afinal, depois de muito tempo, decidira abri-las. Ficara muitas horas mergulhada nas lembranças, entre os rostos de pessoas que tinha amado, sem medo das emoções que suscitavam em mim. Também encontrei as fotos de quando eu era menina, tinha um olhar sereno, antes de a tragédia nos atropelar, e naquele momento compreendera quão importantes haviam sido os primeiros anos da minha vida.

Também tenho a foto, falei baixinho, no mesmo tom dela.

Irene pareceu titubear, então abraçou-me, vai logo, então, que está ficando tarde, disse, mas, logo que entrei no elevador, ela me chamou de novo.

Não pensou mesmo que caí nessa, não é?
Do que está falando?
Não banque a ingênua. Da encenação das pílulas.
Achei que sim.
Pensam que me passaram a perna. Mas logo logo vou apresentá-lo ao doutor Babata, como prometi. O doutor será um ótimo aliado, e aquele rapaz, apesar de toda a tradição familiar, irá mudar de emprego, se quiser ficar com a minha filha.
Você é uma mulher pérfida, mas já sabe disto, não sabe?
Sei, respondeu satisfeita, e fico contente que a minha filha tenha puxado a mim. Embora ainda tenha muita coisa a aprender. Entregou-me a solução numa bandeja de prata, a minha boa menina.
Fiquei sem palavras.

36

Certa manhã, enquanto escrevia, chegou aos meus ouvidos o trinado do telefone. Não me lembrara de desligá-lo e não tinha a menor vontade de levantar para atender, embora continuasse a tocar com insistência. Finalmente calou-se, o tempo de soltar um suspiro de alívio e recomeçou. Bufei chateada, mas quando peguei o fone fiquei agradecida por fazê-lo.

Era Lucia.

Anna está de partida, viaja hoje mesmo para ficar perto da irmã, em Milão, alugou para ela um pequeno apartamento e ofereceu-lhe um trabalho no seu restaurante. Gostariam de despedir-se dela?

Apressada e cheia de entusiasmo, chamei Irene, não estava em casa, tentei no celular, mas respondeu de Pavia, estou aqui com as meninas, disse, viemos visitar mamãe, despeça-se por mim. Desliguei um tanto decepcionada com a notícia, mas, mesmo assim, contente. Fui falar com Anita, mas quem me atendeu nem parecia ser a mulher que eu conhecia. Entre espirros e acessos de tosse, anunciou estar com uma gripe daquelas, e na minha idade, você sabe, é melhor não se arriscar. Despeça-se por mim, diga que mando minhas lembranças, acrescentou.

Renata disse mais ou menos o mesmo. Não tinha álibi, e por alguns momentos insistiu na desculpa da padaria, afinal de contas não posso fechar, mas acabou meneando a cabeça, tristonha, você precisa entender, já estou velha, preciso tomar cuidado com as emoções. Respondi que entendia.

Fui sozinha. Cheguei ao passeio de Nervi muito antes da hora marcada, não queria perder um só minuto do pouco tempo que poderia passar com Anna. Sentei num banco. Já estávamos em meados de abril, nesta altura, o sol estava quente. O mar reluzia calmo diante de mim. Mais longe, um grupo de crianças acompanhadas por mães ansiosas e preocupadas enxameava diante de uma sorveteria. Podia ouvir suas vozes e os gritos das gaivotas, mas o vento amortecia todos os ruídos, levava-os consigo, e eu fiquei ali, ninada pelos tépidos raios, esperando.

Vi-a chegar, primeiro com passo incerto, aí correndo. Sorria, atrás dela havia Lucia e duas mulheres que eu não conhecia, provavelmente funcionárias do centro. Levantei-me, olhei para ela. Anna tinha mudado, vestia camiseta florida e jeans, parecia uma menina, os cabelos soltos, vaporosos. Pareceu-me mais forte e ativa, devia ter engordado uns dois quilos que lhe caíam muito bem. O rosto suave e tranquilo destoava da expressão vagamente triste dos olhos, da qual provavelmente nunca se livraria, mas parecia serena. Era como se a estivesse vendo pela primeira vez.

Abraçamo-nos com força, depois sentamos no banco, emocionadas, só conseguíamos sorrir, sem usar palavras. Quem falou primeiro foi ela, disse, obrigada Margarida, as coisas vão bem melhor agora, sinto-me mais forte, não uma rocha, é claro, mas todos dizem que dei passos de gigante. Não duvido, respondi.

Contou-me do lugar onde haviam morado naqueles últimos tempos, uma bonita casa colorida e espaçosa, no meio do verde. Disse que as crianças também estavam melhor, que Alice não conseguira mais se conter, entregando-se a choros desenfreados, permitindo finalmente que os outros se aproximassem e tentassem cuidar dela. Disse que, naquele lugar, tinha conhecido outras mulheres nas mesmas condições dela, que ficara surpresa ao reparar quão diferentes podiam ser entre si, havia de todas as classes sociais, esposas de profissionais bem-sucedidos e outras de famílias sem um tostão, mas todas prisioneiras do mesmo medo. Graças aos grupos de autoajuda dos quais participava, Anna tinha descoberto que não estava sozinha. Reconhecera-se em muitas histórias que ouvira, e tivera a oportunidade de contar a sua própria, abrindo o coração, dizendo tudo sem a menor vergonha. O mais importante era que agora sabia não ser ela a causa de todo o mal.

Não há jeito de eu deter a fúria de Sandro, disse.

Então, com os olhos que de repente ficaram sombrios, como se um véu de cansaço os estivesse embaçando, contou-me das horas mais difíceis, às vezes não é nada fácil, sabia?, disse, esta nova vida me amedronta, há noites em que fico acordada, ainda com a impressão de ter errado tudo, não sei se vou conseguir. Logo em seguida, no entanto, voltou a sorrir, e contou que ia começar a trabalhar, nem consigo acreditar, um trabalho, já imaginou?, repetia.

Ficamos conversando por um bom tempo, falei do meu livro, de Irene, de Sérgio, que dali a pouco iria voltar, de Anita gripada, das brigas da nossa vizinha de baixo com a faxineira encarregada da limpeza das escadas e de outras pequenas coisas normais, aparentemente sem importância. Mas Anna estava faminta de normalidade. Fazia perguntas, queria saber de coisas que nunca mencionara antes, onde comprou essas meias?, usa alguma coisa no rosto antes de deitar, um creme? Qual? Também disse que tinha conseguido acabar um livro, li até o fim, já pensou?

Sorri, tinha quase esquecido. Curvei-me e peguei o pacote que tinha deixado ao lado do banco. O que é?, Anna perguntou curiosa. É para Alice, uma foto de que ela gostou, emoldurei, e estes são livros, alguns para Tommaso e Alice, outros para sua cabeça. Folheou-os e disse, sim, minha cabeça está melhor, agora.

Uma das mulheres que a tinham acompanhado aproximou-se e fez um sinal discreto. Anna olhou para mim e me abraçou, vai nos visitar?, perguntou. Prometi que sim.

Ficamos olhando enquanto se afastava, Lucia e eu, ela me deu um tapinha no ombro.

Quer um lenço?, perguntou.

Não, talvez precise de um café bem forte, isto sim.

37

Cheguei em casa depois de ficar andando por horas, exausta mas serena, deixei-me cair no sofá e fiquei algum tempo na penumbra da sala, pensando naquele último mês. Até o telefone tocar.

— Oi, finalmente chegou a hora de voltar.
— Quando?
— Amanhã de manhã já estarei aí. Estou quase entrando no avião.
— Que bom. Tomei uma decisão, não irei a Nova York.
— E por quê?
— Estou cansado. Estou a fim de ficar em casa, com você.
— Já não era sem tempo.
— Mas não se preocupe, não vou distraí-la demais, até você terminar o livro.
— Estou trabalhando muito, de fato. Estou bastante satisfeita.
— Está com raiva de mim, não é verdade?
— Talvez um pouco. Depois a gente conversa.
— Está bem. Então até mais.
— Estou esperando.

Levantei-me, fui ao escritório e sentei à escrivaninha. Diante de mim, no prédio em frente, vi a varandinha vazia. Através das janelas entreabertas vislumbrei uma mulher sul-americana que estava cozinhando.

Liguei o computador, espreguicei os braços para cima e puxei os ombros para trás, o meu costumeiro ritual antes de começar, e de repente compreendi exatamente como a história que estava contando devia começar. Abri o arquivo e escrevi:

Este livro não é tranquilizador. Nem é sua intenção sê-lo.
É um grito, um pedido de ajuda.
Espero que alguém o ouça.

Sinto-me particularmente grata, por este livro, tanto a homens quanto a mulheres.

A Laura Bosio, escritora e sensível guia, preciosa e insubstituível, obrigada.

A Stefano Tattamanti, como sempre.

A Maria Paola Romeo.

A Elisabetta Corbucci e Elisa Della Pergola, do *Cerchio delle Relazioni* de Gênova, duas mulheres especiais que deram vida a este centro que abriga vítimas de violência familiar. Obrigada pela disponibilidade e pelo indispensável assessoramento. Com elas e com todas as mulheres que tratam de violência de gênero, está o meu pensamento.

A Laura Guglielmi e a Giulietta Ruggeri.

A Rita Falaschi, do *Assessorato Pari Opportunità* da Prefeitura de Gênova.

A Maria Rosa Lotti, de "Le Onde" de Palermo.

A todos aqueles que amo e que me amam, que me fazem sentir uma mulher de sorte.

A Bruno, de todo coração.

Este livro foi impresso na Editora JPA Ltda.,
Av. Brasil, 10.600 – Rio de Janeiro – RJ,
para a Editora Rocco Ltda.